5分
シリーズ

5分後に恋《こい》するラスト

エブリスタ 編

Hand picked 5 minute short,
Literary gems to move and inspire you

河出書房新社

目次

Contents

［カバーイラスト］中村ひなた

エブリスタ×河出書房新社

［ 5分後に恋するラスト ］

Hand picked 5 minute short,
Literary gems to move and inspire you

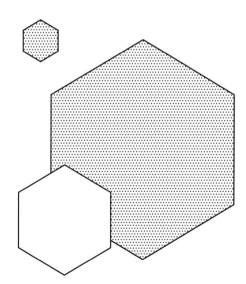

あふれる

あやちょこ

一

サイダーのペットボトル。

氷の袋《ふくろ》と、アイスピック。

グラスはウィスキーグラスで口が大きく背の低いもの。

ケンちゃんと私はゲームをする。

お題は一つ。

中のサイダーが溢《あふ》れるまでお題に沿った真実を互《たが》いに言うという単純なゲーム。

一つ真実を言い、それに対して一つ相手がコメントし、そして真実を言ったものが氷を一つグラスに落とす。

嘘《うそ》はなし。

単純なゲーム。

二

ケンちゃんは唐突《とうとつ》にメッセージを送ってくる。

『今日、学校帰り寄るから。いる?』

私の家は駅から三分しか離《はな》れていない。

だから、幼馴染《おさななじ》みのケンちゃんは時々そうやって突然《とつぜん》家に寄っていく。


ケンちゃんは小学三年生の時のクラスメート。

幼馴染みというほど小さい時から知っているわけではないけれど、友達よりも気心が知れている気がするし、私の中では一応そういう位置づけにいる。

本当はケンちゃん以外にマサくんというもう一人の男の子とも仲が良かったのだけれど……、私とマサくんは中学に上がる時付き合いだして、あっけなく別れた間《あいだ》柄《がら》なのだ。

マサくんとは一応それ以降顔を合わせれば話せるような、幼馴染みよりも浅い友達という関係を続けている。

マサくんとケンちゃんは本物の幼馴染みで、あれからもそれなりに仲良くしているらしい。

高校生になった今は、趣味《しゅみ》なんかも合わなくなってきて二人の関係も前ほど密ではないことも、知っていた。


宣言通り、ケンちゃんはだらしなく着崩《きくず》した制服姿でうちのチャイムを鳴らす。

「寒いから、一分以内に開けてよ」

玄関《げんかん》を開けて顔を出した私に、ケンちゃんは肩《かた》をちょっと上げて身を縮めた格好でポケットに手なんか突《つ》っ込《こ》んで文句を言った。

私は一歩体を引いて、ケンちゃんを家に通す。

「なんで、寒いとか言いながら氷買ってきてるの?」

ケンちゃんの腕《うで》にかかったコンビニの袋から透《す》けて見えるロックアイスの文字に、私は眉《まゆ》を寄せた。

「久しぶりにゲームしようと思ってさ。カスミはグラスとアイスピック」

そう言って、一応お邪魔《じゃま》しますと言いながらさっさと家に上がり込んで、私の部屋がある二階を目指す。

「寒いじゃん！」

背中に向かって私が言えば、階段に一歩足を掛《か》けた状態で振《ふ》り返る。

「暖房《だんぼう》器具っていう文明の力を使う」

「灯油《とうゆ》ないよ、入れないと」

「分かった、俺《おれ》、これ置いたら灯油入れる」

あっそう、私は短く言って、仕方なくアイスピックを取りにキッチンに入っていった。

ケンちゃんがトントンと規則正しい音を立てて上がっていったのが聞こえた。

ケンちゃんは私の家なのに、本当に自分の家のように振る舞《ま》う。

別に、それが悪いわけじゃないんだけど、一体全体ここは誰《だれ》の家なの？　って思うことが多々あった。

私は言われた通り、アイスピックとグラスを一個、見つけたチョコレート菓子《がし》をトレーに載《の》せて、階段を上がった。

階段の半ば、踊《おど》り場《ば》で灯油缶《かん》を持ったケンちゃんとすれ違《ちが》う。

「入れてくる」

「うん」

またトントントンと、降りていく音を聞く。

がちゃっと玄関が開く音がしたら「あら、ケンちゃんいらっしゃい」と、私のママの声がした。

「あ、こんにちは」

「あら、灯油入れるの？　一番右から使ってくれる？」

「はい」

ママは灯油を入れるという家族のような行為《こうい》をケンちゃんがすることに驚《おどろ》くことはないし、ケンちゃんもどこに灯油が置いてあるかをきちんと知っていて、まるで家族の一員のように、勝手知ったる家を歩き回る。

短い会話を交わして二人が入れ違いになっていく様子に、階段の最上部で私は耳を傾《かたむ》けていた。


ケンちゃんとの関係は嫌《きら》いじゃない。

心地いいし、気を使わないし、嫌いじゃない。

駅なんかで待ち合せると、ケンちゃんは私の知ってるケンちゃんじゃないみたいで、そわそわするけど、家にいる時はやっぱり幼馴染みのケンちゃんだ。

昔よりずっと男らしくなって、なんだかやたら顔が整った男の人になったなんて、家では気にならないから。


私が自分の部屋のローテーブルに持ってきたトレーを置いて、制服のブレザーを脱《ぬ》いでカーディガン姿になっていると、ケンちゃんがトントンとまた規則正しい音を立てて階段を上がってくるのが聞こえた。

そして、ノックもせずに私の部屋を開けて、入ってくる。

持っていた灯油缶をストーブに入れると、人差し指でストーブのスイッチを押《お》す。

そして、私を見て、「女って寒くないの？　足、よく出していられるよね」と小さく震《ふる》えてみせた。

「寒いよ！　ちょっとジャージ穿《は》くからあっち向いてて」

「ジャージかよ」

「ジャージだよ」

ケンちゃんは私に背を向けて、自分で持ってきたコンビニの袋を漁《あさ》って後ろ手でそれをテーブルに乗せていく。

私はその間、本当にジャージを出して穿いた。

「着たら、音楽つけてー」

「何がいいの？」

「前回俺が置いていったテクノ」

「うん」

「聞いた？」

「結構、聞いてる。好きだよ」

「カスミならそう言うと思った」

ケンちゃんの背中は寒そうに丸まっていて、それでもなんだかとても大きい。

下を向いているからカステラの焦《こ》げている部分みたいな色をした髪《かみ》が前に下がっていて、いつもはほとんど見えないピアスがきらっと光っている。

私の部屋なのに、ケンちゃんの好きな曲が流れ始める。

ケンちゃんは音楽が流れると体を縦に小さく揺《ゆ》らし始めた。

「また、ピアス増えた？」

「ん？　見んなよ、エッチ」

「隠《かく》してるなら開けなきゃいいのに。普《ふ》段《だん》髪でほとんど見えないんだし」

ケンちゃんはくるっと向きを変え、それと同時にかちゃっとストーブが点《つ》いた音がした。

「髪は切るよ」

「そうなの?」

ケンちゃんはなんていうかマッシュルームみたいな髪型をしている。

今まで何度言っても切らないと頑《かたく》なだったのに、急に切るとか言い出すから素直に私は驚く。

「色々見えないし」

「前髪ぎりぎり目にかかってるもんね」

「まあね。よし、やるか」

そう言って、テーブルにあるロックアイスに手を伸《の》ばすと、袋を開ける。

がしゃっと氷たちは音を立てて形を変える。

ケンちゃんは音楽に合わせて氷たちを楽し気に砕《くだ》いていく。

飛び散った氷は温まりだした部屋の温度に耐《た》えかねて、すぐに本来の姿、水に戻《もど》っていく。

二人は向かい合って座り、私はケンちゃんが買ってきたサイダーを開けて、グラスに注いでいく。

ぷちぷちの気《き》泡《ほう》がぴょんぴょんと飛び跳《は》ねて、ほんのり甘《あま》い香《かお》りがした。

三

氷はゴルフボール大からさらに細かく砕かれてその半分くらいの大きさにされていった。

そして、準備が整うと二人はじゃんけんをする。

「負けた。俺からか」

そう言うと、ケンちゃんはちょっと大きめの氷を手に取る。

「お題は『秘密にしていたこと』ね。いくよ」

私はこくんと頷《うなず》く。

「俺はドーテイじゃない。びっくりした?」

「……ん、ぎりぎりしない」

私が答えるとつまんねぇと言いながら、ケンちゃんは持っていた氷をグラスにぽちゃんと落とす。

氷が入るとその分だけ水位が上がった。

氷の脇《わき》を驚いたように気泡が上がっていくのを私は見つめていた。


「学校の人に、告白された。びっくり?」

「……危うかったけど、しない」


ふーんと私は言って、ちょっと大きい氷を掴《つか》む。

そして、氷を入れた。

「俺ね。一週間前彼女《かのじょ》と別れた」

「いつものことだよね」

私の言葉に、そうそうとなんてことない顔でケンちゃんが氷をグラスに落とす。

私は新しい氷を摑むと、ちょっと考え込む。

ケンちゃんは長いまつ毛を上げて私を待っている。

二人の中間で、グラスのサイダーもシュワシュワと私を待っていた。

「昨日ね、マサくんと会ったよ。二人で遊んだの」

「ふーん、あっそう」

つまらなそうな顔をしたケンちゃんはもう新しい氷を手に取ろうとしていた。

私は、口を突きだして持っていた氷をサイダーに触《ふ》れるように氷と氷の隙間《すきま》に入れた。

くいっと水位がまた上がる。

「俺、好きな子がいる」

ケンちゃんの言葉に、二人は目が合う。

ケンちゃんの焦げ茶色の髪の間から、綺麗《きれい》な瞳《ひとみ》が垣間見《かいまみ》える。

「ほー……」

「お前、おっさんかよ」

内心驚いたけど、いや驚いたから、出てきた言葉がそれしかなかった。

そんなことは言わずに、私はケンちゃんが入れた氷を見た。

グラスの中では氷とサイダーが、カフェなんかで出てくる程よい割合になっている。

暖房の熱風で、砕かれたロックアイスがとろんと汗《あせ》を掻《か》いている。

グラスの中は程よいのに、私たちはちょっと暑くて、そして、グラスの中身よりずっと緊張《きんちょう》している気がした。

流れて来る音楽も陽気なのに、私たちはちょっとシリアスな顔つきになって、互いを見ている。

私は氷を摑んで、垂れてくる水分を感じながら思い悩《なや》む。

そして、口火を切る。


「私、ケンちゃんの秘密を知ってる」


ケンちゃんはちょっと黙《だま》って、視線をグラスに落とすと「何を知ってるのか知りたい」と言い切った後に、私に視線を上げた。

私は氷と氷の隙間にまた氷を押し込んだ。

水位がきゅっと上がる。


「ケンちゃんの番だよ」

ケンちゃんはふーと息を吐《は》いて、髪を吹《ふ》き上げる。

ケンちゃんの高い鼻の上にある目は、すっかり姿を現してから、また半分姿を隠す。

「……カスミとマサに嘘をついた。二人に互いが別れたがってるって言って、別れさせたの、俺」


私はその事実を知っていた。

マサくんと再び友達として話せるようになった、ずっと前に、聞いて知っていた。

でも、私たちはよりを戻すようなことはしなかった。

小さな嘘で壊《こわ》れてしまうような関係だった。

まだ幼い恋《こい》だった。

恋とは呼べないような、淡《あわ》い想いだったと私は思っている。

「……酷《ひど》い。泣いたんだよ？　いっぱい、泣いたんだから」

口ではそう言うけれど、そんなにケンちゃんを責める気持ちはない。褒《ほ》められた行為ではないけれど、今なら理由も分かるし、もう時効だと思うから。

ケンちゃんはいつもの元気をしまい込んで、それでも氷をグラスに押し込む。ロックアイスの山が勝手にがしゃっと鳴って、形を崩す。暑さで悲鳴を上げるように。

「私の番ね。実はマサくんに聞いたんだけどね……。ケンちゃんってハーフなんでしょ？　ずっと気がついてなかった」

嘘のような本当の話。

言われれば、どうして気がつかなかったのかと自分でも疑問に思うけれど、本当に気がつかなかった。

ケンちゃんは小さい時からケンちゃんで、それ以外の何者でもなかったから。

ケンちゃんの肌《はだ》は本当に白くて、髪の色も日本人とは言い難《がた》いブラウンだし、目の色だって優しい琥珀色《こはくいろ》なのに。

暗い表情だったケンちゃんが小さく笑う。

「気がついてた。カスミってさ、俺に興味なかったし」

「だって、目とか隠してたじゃん」

私が言い訳しようとすると、ケンちゃんが氷を指さして、早く入れろと催促《さいそく》する。

私は頷いて、氷と氷の隙間に入るような小さな氷を見つけ出して、それをグラスに入れた。

それを待ってケンちゃんは言う。

「髪は切るし、もう隠すつもりはないんだ」

何を？

そういうことは言わないし、私もあっという間にケンちゃんがグラスに氷を入れたから、聞きそびれてしまう。

ケンちゃんは顎《あご》でしゃくって、私の番だと促《うなが》すから、私は何も言わずに次の氷を選ぶ。

ケンちゃんが大きな氷を入れるから、すでにグラスの縁《ふち》に到達《とうたつ》しようとしているサイダーが、泡《あわ》を外に放出している。

飛ばされた泡が、テーブルにぽつぽつ落ちた。

私は口に折り曲げた指を充《あ》てて、悩む。

秘密。

ケンちゃんの背後にあるストーブが熱風を吐き出して、私はその風を正面から浴びている。

ケンちゃんは私を見ている。

氷は融《と》けていく。

「私……ケンちゃんって結構かっこいいんだなって思ってる。えっと、最近」

時折見せる色っぽい仕草とか、ふざけてる時に触れる手の大きさとか、私はそんなことでちょっとだけドキドキする。

幼馴染みなのに。


「知ってた」

ケンちゃんは言ってからにやりと笑う。

「自信過剰《かじょう》」

私は急に暑くなった気がして「ストーブ止めて」と命令口調で言うと、小さな欠片《かけら》に近い氷をすでにある氷の上に落とした。

そんな小さな欠片ですら、サイダーは水位を上げる。

ケンちゃんはストーブを切り、それは不満げに音をたてて、灯油のにおいを残して消えた。

「俺のピアス、女の子と別れるたびに開けてた。好きじゃないのに付き合ってごめんって懺悔《ざんげ》の気持ちを込めて」

「今幾《いく》つ開いてるの……」

私が覗《のぞ》き込もうとすると、ケンちゃんは見なくていいと顔を顰《しか》めて氷を掴む。

ケンちゃんの置いた氷はもうこれ以上入れたら溢れると言いたそうに、グラグラと揺れた。

私たちの前のグラスに、ぎりぎり溢れないで耐えているサイダー。

私たちも、いつになく緊張した空気に身を置いている。

ケンちゃんと私は幼馴染みで、私はケンちゃんの気持ちを知っていた。

私たちはずっと近くで、でも触れない距離《きょり》を保ってきた。

「まだ続ける……？」

ケンちゃんは半分伏《ふ》せた瞳で、私の唇《くちびる》を見ていた。

ゲームを？

幼馴染みを？

私たちは溢れないで、ずっとうまくやってきた。

でもグラスのサイダーは泡を飛ばし、小さな泡はすでに溢れて、外へと飛び出している。

あと、一歩。

ぎりぎり溢れないサイダー。

ケンちゃんが静かに身を乗り出してくる。

私とケンちゃんの関係は、グラスの縁を越えようとしている。

私もテーブルに身を乗り出した。

テーブルが揺れて、グラスのサイダーが耐えきれなくなって、溢れた。

［5分後に恋するラスト］

Hand picked 5 minute short,
Literary gems to move and inspire you

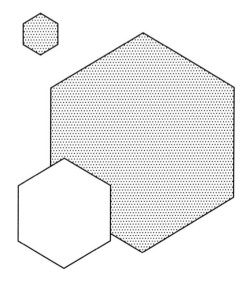

放課後スピーチ

ノライノウエ

第一章　藤川君《ふじかわ》

お店の窓からは、終わりかけの桜並木がぼんやりと見えた。

よくよく目を凝《こ》らしてみると、枝々にピンク色の花びらが、僅《わず》かにしがみついている。

頑張《がんば》っている春を、ちょっとだけ応援《おうえん》したくなった。

中学に入学して以降、私の視力は下がる一方だった。

二年に進級してすぐの視力検査では、案の定、新しいメガネを作るようにと言われた。

お母さんは「今日はあなたの誕生日だから、ちょうど良かったじゃない」と、プレゼントのつもりで、近くのメガネ屋に私を引っ張っていった。

「他で買い物をしているから、その間に決めておいてね」

長時間、鏡と格闘《かくとう》している私を見て、母親はそう言って、お店を出ていった。

鏡を見ながらいつも思う。

メガネは家と同じ気がする。

土台が悪いと良い家も建たない。

だから美人が羨《うらや》ましい。

土台がしっかりしてるから、きっとどんなメガネでも似合うのだろう。

そんなことを考えながら唸《うな》っていると、「これなんかどう？」と突然《とつぜん》声を掛《か》けられた。

私は慌《あわ》てた。思わずお店を飛び出したくなった。

同じクラスの藤川君だった。

なぜ藤川君が、こんなところにいるのか。

「おばあちゃんの付き添《そ》いなんだよ」

藤川君は店内のイスに座っているおばあちゃんを指さした。

「野山《のやま》、新しいの作るの？」

「う、うん」

「これなんか、いいんじゃないか？」

藤川君は手に持っていたメガネを、再度私に勧《すす》めた。

「あ、ありがとう」

言われるがまま、かけてみる。

心の動揺《どうよう》がおさまらないので、鏡をのぞき込《こ》んでも、似合っているのか、似合っていないのか、正直さっぱりわからない。

「何でも買ってやるって、おばあちゃんに言われてついてきたんだけど、まずは自分の用事を済ませてからだ、なんてさ。だまされちゃったなぁ」

藤川君はボヤきながらも、次々と私にメガネを渡《わた》す。

私は流れ作業のように試着していく。

時折、私の顔をのぞき込む、藤川君の顔が眩《まぶ》しく、視線を逸《そ》らさずにはいられなかった。

「今日俺《おれ》の誕生日なのにさ」

試着中だったメガネのタグが、思いっきり揺《ゆ》れた。

「藤川君も今日誕生日なの?」

「え、野山も?」

「うん」

何だか運命すら感じてしまった。

藤川君も、ものすごく驚《おどろ》いていた。

「そうなんだぁ。生まれた時間は?」

「時間?」

「そうだよ、何時何分に生まれたの?」

正直、よくは覚えていなかったが、前にお母さんと話していて、何となく話題に上がったことがあった。

予定日が終わる寸前に、陣痛《じんつう》が来て、予定日ピッタリに、ギリギリに生まれてきたから、この子は、律儀《りちぎ》で真面目な子なんだねぇ、と看護師さんが感心していた、なんて言っていたっけ、そういえば。

「二十三時くらいかなぁ」

「じゃあ、俺のほうが兄貴だな」

藤川君はそう言って微笑《ほほえ》んだ。

でも、メガネを選ぶスピードは一向に緩《ゆる》まない。

私の試着はだいぶ遅《おく》れ、メガネが渋滞《じゅうたい》していた。

あわあわと、鏡を見ていると、突然、藤川君が「それいいじゃん」と言った。

「そ、そうかなぁ……」

私は自信なさげにそう返した。

「今、着けているやつが一番いいよ」

藤川君は無邪気《むじゃき》な笑顔を浮《う》かべた。

「じゃあこれにしようかなぁ」

「そうしなよ」

「うん」

お礼を言おうとしたが、藤川君は、私のほうをもう見ていなかった。

「ちょうど、おばあちゃん終わったみたいだ」と、私が止める間もなく、藤川君は手を振《ふ》り、足早に去っていった。
藤川君推薦《すいせん》のメガネを片手に、お礼を言い損ねてしまったと、果てしなく落ち込んだ。

第二章　日直

幸せな日の翌日に、不幸せな日は訪れる。
あまりにも憂鬱《ゆううつ》な日の始まりだった。
登校中、昨日お店から見えた桜並木を通った。
昨日の深夜から明け方にかけて、大雨が降り、頑張っていた桜は全部散ってしまった。
ため息をつきながら、花びらが無数に張り付くタイル張りの道を歩いた。
花びらを、なるべく踏《ふ》まないように歩こうと決めたが、それは、なかなか難しかった。

今日は進級して、最初の日直の日だった。

日直だから最低な日――。

大袈裟《おおげさ》かもしれないが、そうなのだ。

授業前の号令をかけたり、黒板を掃除《そうじ》したり、日誌を書いたりと、そこまでは別に憂鬱ではないのだが、日直には最大最悪の仕事がある。

帰りのホームルームに行う一分間スピーチだ。

毎回、担任の先生に決められたテーマにそって話す。

私はこれが一年生の時から憂鬱で仕方なかった。

いつまで経ってもみんなの前に出て、話すことに慣れない。

教壇《きょうだん》に立ち、みんなの前で話しているうちに、声どころか、体まで震《ふる》えてくるし、視界は歪《ゆが》み、自分で何をしゃべっているのかも分からなくなる。

それに今回は同じクラスに藤川君がいるのだ。

緊張《きんちょう》しないほうがおかしかった。

「私、緊張しいだから、もう最悪だよぉ」

登校中一緒《いっしょ》になった、明美《あけみ》に愚痴《ぐち》を言ってみた。

「そんなに大袈裟に考えなくてもさぁ」

「考えるよぉ、なんか年々、緊張が増してきてる気がする」

「適当でいいんだって、一分なんてあっと言う間なんだから」

「それにね、昨日からメガネも変えちゃって……」

「あ、やっぱり。いいよね、そのメガネ。よく似合う」

明美に褒《ほ》められて嬉《うれ》しい。明美はおしゃれだから。

それに藤川君のセンスも同時に褒められているみたいで、さらに嬉しい。

「ありがとう」

「メガネ変えたことと、緊張って関係あるの?」

「あるよ。度数上がってるから、視界がめちゃめちゃクリアなの」

ただでさえ緊張体質なのに、あまりにも周りが良く見えすぎるせいで、さらに緊張に拍車《はくしゃ》がかかるのではないかと、今から気が気ではない。

「どうしよう」

「スピーチするときだけ、メガネ外したら？」

「うーん……」

「だめ？」

「不自然すぎない？」

「そうかなぁ」

中学に入学して以降、ずっとメガネキャラの私がスピーチの時だけ、メガネを外していたら、あまりにも不自然すぎる気がする。

「じゃあ、他にいい方法でも？」

明美にそう聞かれたが、何も返せなかった。

第三章　スピーチ

帰りのホームルーム――。スピーチの時間がやってきた。
心臓がバクバクいっている。手には汗《あせ》がにじみ、小刻みな体の震えが止まらない。

「日直の野山、一分間スピーチよろしく」

担任の先生に言われ、私は教壇の上に立った。

一番前の席に座っている明美が、小さな声で「頑張れ」と言った。

私は明美に向かって小さく頷《うなず》いた。

「じゃあ、スタート」

私はゆっくりとメガネを外した。

「私のた、宝物はこのメガネです」

そう言って、外したメガネを掲《かか》げながら、みんなに見せた。

今回のスピーチのテーマが「私の宝物」で助かった。

このメガネが宝物だったら、自然にメガネを外せる。

みんなにこの宝物を見てもらうために。

そしてこのメガネは宝物に間違《まちが》いなかった。

裸眼《らがん》だと視力は極端《きょくたん》に悪い。みんなの顔はぼやけて見える。

誰《だれ》が誰だか、どんな顔をして聞いているのかも、はっきりしない。

お酒を飲んだことがないから分からないけど、酔《よ》っぱらった感覚に似ているのかもしれない。

目が見えないとまるで別世界で、少しだけ大胆《だいたん》になれる。

緊張はなかった。

あとは、事前に考えたスピーチの内容をつっかえないようにゆっくりと言うだけだった。


メガネの自分が嫌《きら》いだったけど、これは自分でも気に入っていること――。

友達からも褒められて、メガネの自分が少し好きになれたこと――。

今日はこれを着けて登校することが楽しかったこと――。


そんな話をした。

「きっと選んでくれた人のセンスが良かったんだと思います」

藤川君に面と向かって、お礼が言えなかったから、この場を借りて言ってしまった。

普段《ふだん》だったら絶対に言えないだろう。

「はい、ありがとう」

担任の先生がそう言うと、教室にパチパチとまばらな拍手《はくしゅ》が響《ひび》いた。

私はすぐさま教壇から離《はな》れたかったが、それは許されなかった。

スピーチの後、少しだけ先生の質問が入るのが恒例《こうれい》となっているのだ。

「ちなみにそのメガネは誰が選んでくれたの?」

先生の素朴《そぼく》な疑問だった。

まさか、クラスの藤川君に選んでもらいましたなんて、言えない。

明美にだって藤川君のことは何一つ教えていないのだ。

「誰?」

どうしよう——。

「家族?」

先生の追及《ついきゅう》に、少しパニックになった私は、とんでもないことを思わず口走ってしまった。

「そうですね。た、大切な人です」

自分でも何を言っているのか、分からなかった。

ぼんやりとしか教室が見えないことをいいことに、藤川君のほうを見て、そう言ってしまった。

藤川君は、どんな表情でこの話を聞いているのだろうか。

「大切な人って、お父さん？　お母さん？」

「い、いいえ、お兄さん……です」

「あれー、友菜《ゆうな》、お兄さんなんていたっけ？」

明美がそう聞いてきた。

私は藤川君のほうを見ないように「親戚《しんせき》の……」と誤魔化《ごまか》した。

「確かに大切なお兄ちゃんがくれた宝物なんだろう。今日は授業そっちのけで、メガネの掃除ばっかりしてたからなぁ」

先生がそう言うと、教室に笑いが溢《あふ》れた。

自分でも真っ赤になっているのが分かるくらい、顔が熱かった。

第四章　放課後

あの後、藤川君の顔は全く見られなかった。

放課後、私は一人、日誌に向かっていた。

ペン先が震えているのが分かる。

あまりにも震えるので、日誌の余白は全く埋《う》まらない。

ただでさえ日誌を書くのが苦手なのに、こんな状態じゃいつまで経っても終わりが見えない。

ペンを置き、天を仰《あお》いだ。

あの時、言った瞬間《しゅんかん》、後悔《こうかい》はなかった。

でも今思い返せば、なぜあんなことを言ってしまったのか。

あんな大胆なことがよくできたものだと、悶《もだ》え、叫《さけ》びたくなった。

「やっぱりさぁ、そのメガネ似合うよ」

誰もいない放課後の教室に覚えのある声が響いた。

藤川君だった。

藤川君がそばにやってきて、近くのイスに座った。

私は何が起こっているのか、これは現実なのか夢の中なのか、理解できなかった。

思わずメガネを外した。

「褒めてるのに、なんで外すの?」

藤川君は私の顔をのぞき込み、笑いながら言う。

「……するから」

「え?」

私は顔を上げた。

藤川君の顔が思いの外、近くにあった。

これだけ近いと、いくら視力が悪くても、顔立ちがよく分かる。

恥《は》ずかしさで、ちょっと泣きそうだった。

「緊張するから……」

私はまた目を伏《ふ》せた。

「緊張すると外すって、何か関係あるの？」

「外すとね……」

自分の声が震えているのがよく分かった。

「外すと、視界がぼけて、夢見心地な感じになって、そんなに緊張しなくなるの……」

「へぇ、そんなもんなのかね」

「私、緊張しいだから」

藤川君は大きく息を吸い、そして吐《は》いた。

「……。俺にもメガネあったらいいのにな」

「え？」

「俺、今、めっちゃ緊張してるから」

私は何も言えなかったし、顔を上げることができなかった。

「これから大事なこと言わなきゃいけないから」

藤川君の声も微《かす》かに震えていた。


「ずいぶんと遅《おそ》かったなぁ」

職員室に日誌を持っていくと、担任の先生はそう言った。

先生は日誌をパラパラとめくり、「でも、時間かけたせいか、よく書けているな」と言った。

「すみません、遅くなりまして……」

先生の言う通りだという自覚があった。

今日の日誌には素敵な言葉や表現が溢れていると思うし、最後に書き込んだ日付には、いつも以上に力が入っていた。

特別な日になったから。


日誌を提出し、校門を出ると藤川君が待っていてくれた。

私たちは散り散りになった桜並木を、並んで歩いていた。

閑散《かんさん》とした桜並木のように、二人の間にも会話はなかった。

普段は饒舌《じょうぜつ》な藤川君も、恥ずかしそうに、上を向いたりするばかりだった。

間が持たないなぁ――。

私がまたメガネを外そうとすると、藤川君が「もう緊張しないでしょ、さすがに」

と笑った。

それでも私はメガネを外した。

「先が思いやられるよ」と藤川君はため息を漏《も》らした。

「別に緊張しているわけじゃなくて」

「じゃあ、何で？　似合ってるのに」

「今、見えないから」

「え？」

私は藤川君の親指をそっと握《にぎ》った。

「見えないから。ちゃんと連れてってね」

藤川君は何も言わなかった。

何も言わず、ゆっくりと私の手を握り返し、緑色に変わった桜並木を照れくさそうに見上げていた。

［ 5分後に恋するラスト ］

Hand picked 5 minute short,
Literary gems to move and inspire you

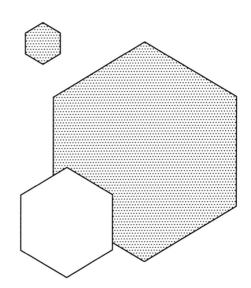

論理主義な恋人《こいびと》たち

雪宮朔也

「夏なんてなくなればいいのに」

唐突《とうとつ》に彼女《かのじょ》が呟《つぶや》きだす。

その問いに対し、僕《ぼく》は簡潔に答えた。

「それは困る」

「なぜ？」

「作物が育たなくなり物価が上がってしまう」

当然ながら夏がなくなれば農作物が育たなくなり物価が上がってしまう。そう考えると財布状況《じょうきょう》的にも良くないと判断する。そもそも夏あっての四季。一つでも欠けてしまえば地球は大変なことになる。

「それは困ったね」

「うん、困った」

「でも、私は個人的に夏が嫌《きら》いなの」

「そうか、それは困った」

「うん、困った」

どうやら彼女は個人的に夏がなくなってほしいと願っているみたいだ。この問題は彼氏《かれし》として解決をして彼女に対する評価を上げるチャンスだ。僕は脳みそを雑巾《ぞうきん》のように捻《ひね》り妙案《みょうあん》を考える。

「現代の文明の利器である空調を頼《たよ》ってはどうかと僕は提案する」

「それはいけない」

「なぜ？」

「空調は地球に優しくない」

「なるほど、盲点《もうてん》だった」

どうやら僕の脳みそは雑巾のように絞《しぼ》っても大した案は浮《う》かばない様子。これでは彼女の僕に対する評価が大暴落すること間違《まちが》いない。困った。

「それに電気代の問題もあって母に叱《しか》られる」

「それは経験済み？」

「すでに経験して頭を叩《たた》かれた」

「それは痛いね」

「そして電気代がどれだけ家庭に影響《えいきょう》を与《あた》えるのかと説教を受けた」

「それは二重に痛いね」

「うん、痛かった」

このままでは彼女の問題が解決に至る道を導くことができない。

幸いにも彼女と僕は図書館という空調が効いている建物にいるので、暑さによる影響は受けない。これが暑い外であると思考が鈍《にぶ》り正しい判断を下せなくなる。そう考えると今この場で解決したほうが良いだろう。

「ここは逆の発想を試してみてはどうかと僕は提案したい」

「提案を認める」

「では、夏の良さについて議論しよう」

「ない」

「それは困った」

どうやら彼女の中では夏の良さがないらしい。

ここは僕が夏の良さを次々に上げて彼女が囚《とら》われている概念《がいねん》を覆《くつがえ》そう。

「夏になると君が薄着《うすぎ》になって嬉《うれ》しい」

「それは貴方《あなた》の個人的な意見?」

「うん、個人的な意見」

「なるほど、覚えておく」

しまった。僕が夏の良さを語っても彼女が共感できなければ意味がない。

燦々《さんさん》と照らす太陽が憎《にく》いという感情を持ってしまう。これでは彼女を説得するための説得ではなく、彼女に納得される説得になってしまう。それは彼氏の立場上情けない。

「夏の風物詩である風鈴《ふうりん》の音色に癒《い》やされてはどうかと思案する」

「なるほど、確かにあれは癒やされる」

「うん、癒やされる」

「でも、暑さは一度たりともやわらがない」

「それはそうだ」

精神的な癒しで体感温度を誤魔化《ごまか》そうとしたが所詮《しょせん》精神論であったため、肉体的には何の変化も齎《もたら》さない。つまりは駄目《だめ》な意見であった。

「では、夏に食べるカキ氷はどうか」

「なるほど、あれは夏だからこそ冷たく美味《おい》しく頂ける食べ物」

「でも、食べ過ぎると腸の働きを弱めてしまう」

「難点だね。私は冬に食べるカキ氷も美味しいと意見する」

「正気?」

「うん、正気」

冬に食するカキ氷というものは経験上なかったので、彼女の意見に驚《おどろ》く。

「貴方は冬にアイスを食さない?」

「食すね」

「でしょ」

「なるほど、論破された」

確かに冬でもアイスを食する習慣があったので僕は彼女の意見を認めた。

冬に食するアイスと、夏に食するアイスは同じに思えて別物と判断すべきだろう。冬のアイスには冬の、夏のアイスには夏の良さが備わっている。これは精神的な問題だと思う。

話を戻《もど》そう。僕は夏の良さを彼女に認めさせなくてはいけないのだった。

「夏の風物詩、花火についてどうか?」

「あれは奇麗《きれい》で良いもの」

「うん、奇麗だ」

「でも、奇麗に彩るからこそ値が張る」

「あれは金持ちが嗜《たしな》む趣向遊戯《しゅこうゆうぎ》かもしれない」

「それを考えると気が休まらずに堪能《たんのう》できない」

「仕方ない。この案も却下《きゃっか》の方向で」

「うん、認める」

夏の良さが僕には分からなくなってくる。

何だか夏の利点よりも欠点が多い気がしてきた。

「僕は自分が情けない」

「それはなぜ?」

「君の問題を解決することができていないから情けない」

「別に情けなくない」

「そうかな」

「うん、そう」

なるほど、どうやら僕は彼女に助けられたようだ。これは素直に嬉しいと言う気持ちで違いない。

ふと、僕は天の川にまつわる物語を思い出し彼女の説得を試みることにした。そろそろ僕の脳から案を絞り出すことができなくなる。そうなってはもうおしまいである。

「君は織姫《おりひめ》と彦星《ひこぼし》の話をどう思う?」

「傍《はた》から見ると切ない気持ちにさせられる話」

「含《ふく》みのある言い方と判断」

「織姫と彦星は結婚《けっこん》する前は働き者であった。けど、結婚してから全く働かなくなり、それを見て怒《おこ》った天帝《てんてい》は二人を引き離《はな》す。そして以前のように働くのであれば七月七日の夜にだけ会ってよいとされたらしい」

「なるほど、驚いた」

「でしょ」

「君が長文を話したことのほうが一番驚いた」

「なるほど、それは盲点だった」

彼女が長々と話す姿を目に焼きつけながらも案を模索《もさく》する。

夏がなくなればいいという理由はすでに理解した。となると――

「そろそろ日が落ちるから帰りたい」

「それは仕方ない。自転車の運転は任せて」

「任せた」

「うん、任された」

自転車の後ろに彼女を乗せて安全運転をする。舗装《ほそう》された道だが念には念を入れて運転に気を使っていると後ろから彼女が声を掛《か》けてきた。

「やっぱり夏なんてなくなればいいのに」

「どうして？」

図書館で夏がなくなればいいのにと呟いた台詞《せりふ》とは違い、彼女は少し不貞腐《ふてくさ》れたような声だ。僕は聞き返すように尋《たず》ねる。不貞腐れた表情よりも笑った表情のほうが好ましいから。

「私は汗《あせ》を掻《か》いてしまっている」

「今は外で夏だから仕方ないね」

「汗のせいで貴方に抱《だ》きつけない」

「僕は気にしないけど」

「私は気にする」

「なら仕方ない」

自転車を漕《こ》ぎながら返答をする。

彼女は夏なんてなくなればいいのにと呟く。

僕は夏にしか見ることができない彼女の態度と表情があるから、なくなってはそれはそれで困る。

「夏なんてなくなればいいのに」

「夏がなくなったら僕は困る」

「困るの？　だったら我慢《がまん》する」

「ありがとう。帰って冷たい素麺《そうめん》でも食そう」

「色付き素麺を所望する」

「心得た」

［ 5分後に恋するラスト ］

Hand picked 5 minute short,
Literary gems to move and inspire you

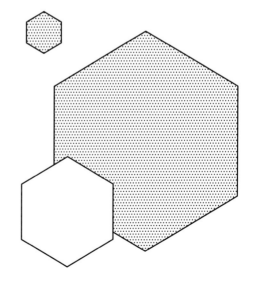

花火が散る、その瞬間《しゅんかん》は

妃妙

平凡《へいぼん》な生徒会長

彼女《かのじょ》を一言で表すとすれば、それは『普通《ふつう》』だろう。

絶世の美女でもなければ学年一の秀才《しゅうさい》でもない。人脈が広いわけでもなければ、飛び抜《ぬ》けたカリスマ性があるわけでもない。

彼女は良くも悪くも普通で平凡。

それは彼女自身も自覚していた。

それどころか、だからこそ生徒会長になれたとも考えているのだ。

普通の彼女が努力するから応援《おうえん》できる。普通の彼女が放つ言葉だから好感が持てる。

事実、選挙の際彼女が掲《かか》げた公約は他の候補者より明らかに程度の低いものだった。

生徒会長を目指すような者が口にする、夢のように壮大《そうだい》なものではない。

そこに、信用と信頼《しんらい》を得たのだ。

そんな彼女が立案したからこそ、十年も前に行われた企画《きかく》が蘇《よみがえ》ったのだ。

「おはようございます皆《みな》さん。暑い日が続きますが、体調管理はしっかり行ってくださいね。

さて、文化祭まであと三日に迫《せま》りましたが、ここで生徒会から文化祭の追加イベントを発表いたします」

ざわめき立つ朝礼の場。

眠《ねむ》い目をした大半の生徒たちもこれには耳を傾《かたむ》けずにはいられなかった。

「文化祭という人生の中で数少ない青春の場を、より思い出深いものにしてほしい。私もそうしたい。

そこで、十年前まで行われていた企画を、今年、再開させたいと思います」

一部には小さな歓喜《かんき》。

一部には疑問の声。

「その名も〝ラストステージ〟。

選ばれるのはたった一人だけ。それはこの学校で最も輝《かがや》いていた人。

投票は先生方で行います。皆さん、選ばれるように頑張《がんば》ってくださいね」

全員の興味は完全にラストステージに持っていかれていた。

それをみて壇上《だんじょう》で微笑《ほほえ》む彼女の目論見は、誰《だれ》も知らない。

有能な生徒会会計係

普通で平凡な彼女でも、生徒会長。

彼女に憧《あこが》れ、彼女を尊敬する人間も少なくはなかった。

「会長！　今朝はお疲《つか》れ様でした」

「あぁ、うん、ありがとう」

「素晴らしい挨拶《あいさつ》でした」

そしてその最たる例が生徒会役員会計係。

君塚誠《きみづかまこと》。

彼《かれ》は彼女とは反対に秀才と形容される人物だった。

その優秀さから教師にも生徒会役員入りを熱望され、今は二年生ながら会計を任されている。

「文化祭……成功するといいですね、イベントも」

「……うん、せっかく再開させるんだから成功させたいね」

彼女がなによりも力を注いできた文化祭イベント、ラストステージ。

教員を説得の上、文化祭一週間前にようやく開催《かいさい》の承諾《しょうだく》を得たのだ。

「会長のために、俺《おれ》たちも頑張りますよ」

「私のためじゃなくて、生徒のために、ね」

「俺は、会長のためです」

どうして？

とは、聞けない。

毎度毎度似たような会話をしては、彼女は苦笑して終わらせる。

彼女には、その先の答えをどうしても聞くわけにはいかない理由があったのだ。

夏の気だるい空気と共に、騒《さわ》がしい声が外から流れ込《こ》む。

会長になったあの日に掲げた公約、それを果たす瞬間がきた。

その通り全力を尽《つ》くした。

だけど彼女は時折悲しい目をする。

彼女だけはそれを知っていた。


「〝文化祭を最高のものにします。皆さんの何年後も忘れられない青春を、私がサポートします〟」

「……」

「ようやく、果たす時ですね、会長」

「よく考えればそんな公約でよく生徒会長になれたよね。私。生徒会のみんなには本当感謝してる」

「俺はどんな公約だって、会長を応援してましたよ。

でも会長、どうしてそんなに文化祭にこだわったんですか?」

ふと、ずっと直接聞いてみたかったことが口をついて出た。

彼女が決めたことならば彼はなんだって応援も協力もしたことだろう。

けれど、ここまで一緒《いっしょ》に走ってきた彼には、理由を聞く権利があると感じたのだ。

「特に意味なんてないよ。あの時はそれがいいと思ったからそう言っただけだし。

言ったからには果たそうと思っただけだし?」

依然《いぜん》、彼女の目線は窓の外。

「イベントもね、私十歳《さい》上の従兄弟がいて、私と同じように高等部の生徒会長だったの。当時のラストステージの話聞いて、いいなーって思ったから打診《だしん》しただけだし……」

ああ、もどかしい。

彼女の口からなんの躊躇《ためら》いもなく嘘《うそ》が溢《あふ》れ出るのは。

きっと幾度《いくど》となく予測して練習した答えだと、彼はすぐに感じたのだ。

「会長、俺に嘘ついても無駄《むだ》ですよ。俺、単に頭いいだけじゃないんで」

この二人きりの空間がそうさせたのか、気だるい空気がそうさせたのか。

彼自身にとっても意外な言葉が飛び出した。

それは彼女にも同じことで、いつもの従順で優しい彼とは思えない言葉に、驚《おど》きを隠《かく》しきれなかった。

「やっと、こっち見ましたね」

「……君塚君……」

リミッターが、少しずつ外れるのを感じた。

でもそれ以上は許されない。

彼女は彼の気持ちがわかっているし、そのことを彼もまた知っているのだ。

それでも、関係が変わることがなかったのは、彼女がそれを望ましく思っていなかったからなのだ。

彼女が許さない限りは、永遠に変わらないだろう。それほどに彼は彼女に陶酔《とうすい》していたのだ。

「何も言いませんよ、俺は。

だから教えてください。ほんとの理由を」

何も言わないと言ったのは、この先の彼自身の言葉なのか、それとも本当の理由を、ということなのだろうか。

どちらにしても話さざるを得ない。

やはり、彼は頭がいい。

「……私が、そうしたかったの。

別に他の生徒のためなんて……本当は思ってないよ。

私自身が、忘れられない青春を過ごしたかっただけ。それを自分自身で叶《かな》えようとしただけだよ」

嘘、ではない。

彼にもそれは伝わった。

と同時にそれが核心《かくしん》をつく答えではないということも。

「……あのね、好きな人がいたの」

「いた？　……いるじゃなくて？」

あぁ、彼はそんなこと知っていたうえで私を慕《した》っていたのだ。
そう確信するほど、彼は自然な反応をした。
「その人のことずっと、好きでね。そう、初恋《はつこい》だった。
でも、中等部に上がったころ……私の友達と付き合いだしたの」
この話、彼はどこまで知っていたのだろうか。
知っていたとしたならば、今までの牽制《けんせい》は全く意味がなかったんじゃないか……。
彼女にはますます彼がわからなく感じる。
彼は一体、こんな私のどこをそんなに……。
「まあ……だから、好きでいちゃいけないって思ってる。
でもさ、好きじゃなくなるって所作、難しくない？」
「そうですね、難しいです」
あ、しまった。聞く相手を間違《まち》《が》えてしまった。
彼女はまっすぐ自分を刺《さ》す彼の視線から目を逸《そ》らすしかなかった。
「……だから、青春を、それ以上の青春で塗《ぬ》り固めたいだけ。恋じゃなくて、友情でもなんでもいい。私の生涯《しょうがい》忘れられない思い出はあの人じゃない、この文化祭にするの」

「……そうですか、わかりました」

こんなもので彼が納得するとは思えないが、これ以上の追及《ついきゅう》をされても困るので、理解したふりをしてもらえてありがたいと思うことにしよう、彼女は内心ホッとしていた。

「じゃ、俺はどんな手を使っても応援しますよ。全力で」

一変、その言葉に胸がチクリと痛んだ。

文化祭にこだわる本当の本当の理由がばれてしまっているのではないかと、これほどに頭の良い彼はなんでもお見通しなのではないかと、そんな思いが頭をよぎったからだ。

ガチャ。

「遅《おそ》くなりました――――!」

「あ、お疲れ様」

「お疲れ様です」

良くも悪くもいいタイミングで現れた副会長以下役員に、この時ばかりは感謝するしかなかった。

ばれていようといまいと、するべきことは変わらない。

もう文化祭は、目の前。

才能あるヒロイン

文化祭当日、生徒会の元にはおびただしい数の仕事が舞《ま》い込んだ。

来賓《らいひん》の対応に各クラスとの連携《れんけい》、来場客の管理に出し物の見回り。迷子、落とし物、トラブル対応……

お飾《かざ》りではないと主張するかのように生徒会は対処を行っていった。

「しかし……大忙《おおいそが》しだなぁ……」

「あ！　かーいちょー！」

「え？」

ふと、クラスの見回りの途中《とちゅう》に、女子の人溜《ひとだ》まりに呼び止められる。

そこには見た顔も何人か……あぁ、同じ学年の……

「お疲れ様……」

「春香《はるか》ちゃん……うん、どうしたの？」

その中にたった一人友達と呼べる相手がいたのだ。

「ねえねえ会長さん！　ちょうど今みんなと話してたんだけどさ！　ラストステージのあれ！」

「うん？」

「あれってさ！　選ばれるの春香だよね？？」

「……ぁー」

横目でチラリと春香を見れば、少し照れた様子で視線をそらす。

なるほど、彼女たちはラストステージに誰が選ばれるかで盛り上がっていたのだ。

確かに、彼女たちの中で選ばれるのであれば春香だろう。

「だってあれ、最も輝いていた人が選ばれるんでしょ？　そしたらもう、春香しかいないじゃん！」

「そ、そんなことないよ……やめてってば」

「もー！　謙虚《けんきょ》だな！　春香は！　だって事実すごいよねぇ！　会長もそう思うでしょ？」

「うん。そうだね、そういえば言ってなかったね、優勝おめでとう。お疲れ様」

「うん、ありがとう」

西島《にしじま》春香。

彼女は一週間前、ある快挙を成し遂《と》げていた。

陸上の全国大会で大会新記録を樹立、もちろん優勝……

ここ数年、運動部に力を入れてきた学校としては最高の名誉《めいよ》であったのだ。

学校史に名を刻むのは間違いないだろう。

「会長さんって春香と友達なんでしょ？　ほら、このタイミングだし絶対春香のためだと思って！」

「も、やめてよー、ほら、困らせないであげて……ごめんね？　友達が勝手なこと言って……」

「ううん。……まあ、私の立場からはなんとも答えられないけど……春香ちゃんなら確かに最適だね！」

「そうだよね!?　やっぱ会長もそう思うよね!?」

「……そうだね、選ばれても相手もいるし、困ることないね」

「あ、……うん……」

はにかんだ笑顔で俯《うつむ》く春香。

その笑顔を見て周りも幸せな気持ちになるのだ。

春香は可愛《かわい》いし、優しくて、陸上選手としての才能もあって、応援してくれる友人がいて、そして……共にステージに上がることができるパートナーもいるのだ。

何もかもが完璧《かんぺき》だった。彼女を取り巻くのは幸せだけだった。

まさに彼女はヒロインと呼ばれるのに相応《ふさわ》しい人間だ。

友人たちが春香が選ばれると信じて疑わないのも納得できる。

「投票は今日、先生たちによって行われるから……結果、楽しみだね」

「……ありがとね」

ありがとね。その一言で確信する。

春香もまた、自分が選ばれると信じているのだ。

「……彼氏にも伝えときなよ、ステージに上がる可能性があるってさ！　ほら、彼氏……あんまりそういうの得意じゃないでしょ？」

「……そうだね、うん……伝えとくね」

春香の幸せオーラは一瞬《いっしゅん》、揺《ゆ》らめいて二人の間に確かな距離《きょり》をつくる。

だけどそれに気づく人間はいなかった。二人だけが知る心の距離。

生徒会長と選ばれるべきヒロイン。

なにも知らない人間にはそのまま世界が回るのだ。

「じゃ、私行くね」

「うん、忙しいのに呼び止めてごめんね」

「ううん、みんな高校最後の文化祭楽しんでね」

あるべき生徒会長の姿を守ってその場を離《はな》れる。

彼女の表情は変わらない。たとえ春香が、自分の好きな相手と付き合っていようと、もう傷ついたりは、しないのだ。

不名誉な数学教師

「よー！　君塚君」

「……相澤《あいざわ》先生」

「お前、会う度《たび》その顔やめろよな……」

「俺、忙しいんですけど。なんか用ですか？」

「きっつ！　……いやぁ、あいつどんな感じかと思ってな」

「……」

「だからその顔！」

相澤俊哉《としや》。

二十八歳《さい》数学教員。

飄々《ひょうひょう》とした態度で、前年度教師らしくない教師ランキング一位という不名誉な称《しょう》号《ごう》を得た教師だ。

「会長は完璧に会長こなしてますよ。ご心配なく」

「前々から気になってはいたがそのお前の会長様愛は一体なんなんだ」

「……」

「いやだから顔!!　ったく……仮にもお前にあのこと教えてやったのは誰だと思ってんだ」

「……自分が頼《たよ》られてるからっていい気にならないでください」

「なんでお前は、あいつのことになると知能指数二くらいになるの？　ねえなんで？

先生不思議だよ」

「あとは相澤先生次第なんじゃないですか。俺は知らないことになってるんで、やれることはやり尽くしましたから。じゃ」

「おい！　ちょっと待て待て」

足早に去ろうとする彼を相澤は引き止める。

そしてまた、あの顔をされる。

最近の若いもんは怖《こわ》い……彼らよりひとまわりほど上の相澤はしみじみと感じていた。

「お前、何したのかはしらないけど……まあ、人生の先輩《せんぱい》として言っとくわ」

「なんですか」

「あいつのためもいいけど、ぜ――んぶ終わったら自分のための行動もちょっとどしてやれよ」

「……意味わかりません」

「ま、お前なら認めてやるってことだよ、この相澤俊哉がな！」

「……」

「……っ顔!!」

「失礼します」

もはやシカトである。

「さーてと、俺も一仕事《ひと》するかー」


ラストステージに選ばれるのはたった一人。

その一人を決めるのは教師の投票だった。

その投票がこのあとすぐ行われるのだ。

そして、その指揮を任されているのはこの相澤俊哉である。


「さて、先生方お集まりいただきありがとうございます。皆さん忙しいですし、とっとと投票済ませちゃいましょ」

「誰にするべきですかね」

「やはりほら、うちのクラスの……」

「西島春香さん？　確かに彼女なら……」

本来なら生徒全員が投票するはずのイベントであった。これが十年前であれば。

しかし今回試験的に再開するにあたって突然《とつぜん》そんなことをさせるわけにはいかな

かったのだ。

そこで生徒会が提案したのが、教師による投票である。

それならば混乱も少なくスムーズに済むとして、開催が認められたのだ。

「難しいな、十年前はどんな投票基準だったんだ？」

「あれ……そういえば、相澤先生、十年前ここの生徒ではなかったですか？」

「はい」

全員の視線が相澤に集まる。

未経験者達にとっては前例を知るものはとても価値あるものなのだ。

「十年前もまあ、みんなが納得できる人選ってとこでしたね」

「やっぱりそうなるか……」

「というか、相澤先生、昔高等部の生徒会長とか言ってませんでした？」

「え、じゃあここの生徒会長やってたんですか！　それはそれは」

空気が、相澤に傾く。

全て任せよう。そんな空気が。

「ええ、俺が十年前の生徒会長です。ほら、アルバムもありますよ〜」

飄々と取り出したアルバムには生徒会長相澤俊哉の名前。

相澤は現生徒会長である彼女の、十歳年上の従兄弟。

そんな相澤に君塚がいい反応を示さないのは、生徒会長である彼女が相澤をとても信頼し、頼りにしていたからであった。

まあそれも、相澤からすればいい迷惑《めいわく》ではあったが。

「さ、先生方投票始めましょうか！」

ラストステージ

「……春香ちゃん！」

「あ、お疲れ様！　やっと閉幕式始まるね……あれ？　生徒側にいていいの？」

「うん、閉幕式は実行委員の仕事だからね。最後くらい私も一生徒として参加させてもらうよ」

「そっか！」

文化祭の閉幕式。

そこでラストステージに立てるものが発表される。

そして、選ばれたものは文化祭の最後に打ち上げられる花火を、自分の選ぶ相手と二人きりで見ることができる権利を得られるのだ。

ラストステージに立った二人は、永遠に結ばれると、言い伝えられていた。

さりげなく、ヒロインの隣《となり》に立って一分後、閉幕式がスタートする。

「もうすぐ発表だね……」

「彼氏に話できた？」

「うん、一応大丈夫《だいじょうぶ》」

「そっか……良かった」

そう言った彼女は満面の笑みで、その意味をまだ春香は知らない。

そして、あれだけ違うと言い張っていても、やはりラストステージには春香自身が選ばれると確信していたのだ。

そして……

「それではラストステージに選ばれし者を発表します‼」

鳴り響《ひび》くドラムロールに動き回るスポットライト。

誰もが期待していた。自分が選ばれる可能性を少しでも持ってしまうのだ。

そんな中、選ばれる自信があるヒロインは、そっと、目を閉じて鼓動《こどう》を感じていた。

「発表します‼」

和《なご》やかな表情のまま目を開ける。あぁ、やっぱり、ライトは私を照らしている。

春香は発表者の言葉を聞くまでもなく答えを確信した。

「選ばれたのは……」

ライトの照らすほうに全員の視線が集まっていた。

それを恥《は》ずかしくも心地よく、受け入れていたのだ。

次の言葉を聞くまでは。

「前田《まえだ》さん！

……生徒会長前田沙耶《さや》さんです!!」

「……え?」

スポットライトは、隣に立つ生徒会長を照らしていたのだ。

そして、彼女はそれを最初からわかっていたように、自然に笑顔で、一言。

「皆さん、ありがとうございます」

途端《とたん》に春香は恥ずかしくなっていった。

それもそうだ、なんせ選ばれるのは自分だと思っていた。そんな発言も堂々として……選ばれたのは、生徒会長だったのだ。

スポットライトを浴び、拍手《はくしゅ》を浴び、笑顔の彼女は隣に立つ春香にだけ、彼女にだけ聞こえる声で話しかけた。

「……勘違《かんちが》いしていたでしょう。馬鹿《ばか》ね、私は初めからこのつもりで生徒会長になったのよ」

「え、沙耶ちゃん……」

「いつでも、なんでも、自分が選ばれるなんて思わないで」

「……！」

そう言った彼女の目は春香を射るような冷たさで、その意味を瞬時に理解したのだ。

「まさ、か」

「勇輝《ゆうき》、ステージに上がることオッケーしたんだよね？　じゃあ、あがってもらおっか。ね」

そう言い残して彼女は壇上《だんじょう》へ向かっていった。

指名されるのは、春香の、彼氏。

沙耶の、大好きだった人。

花火が散る、その瞬間は

「勇輝」

「なんで、前田が……」

「なんで？　……なんでだと思う？」

彼は答えられないだろう。

理由はわかっていた。彼女が自分を好きだったからだ。それもずっと、ずっと前から。

「隣来て。ここは誰もいない。ほら、花火始まるから」

ラストステージに選ばれた者が指名する相手に拒否権《きょひけん》はなかった。

そう決めたのは生徒会長である、彼女自身だった。

彼女は最初からこの瞬間のために、それだけのために生徒会長となったのだ。

「……馬鹿ね、あんたも、春香ちゃんも。自分たち中心でいつでも世界が回ってると思い込んでさ」

「どういうつもりだよ」

「……どうもこうもない。ただの逆恨《さかうら》みだよ」

「っ」

「ずっとずっと勇輝が好きだった。春香ちゃんだって、それ知って応援してくれてたのにさ。なんか、急に裏切ってあんたと付き合いだすしさ……」

そう、だから逆恨みだと自覚はしているのだ。

それでも許せない、認められない。

「たった三年、三年一緒にいたくらいで。こっちはもう、十年は好きだってのに……この十年の、気持ちはどこいっちゃうわけ？」

「……」

「別にいいんだ。私のこと嫌《きら》いでも。最後にするよ、花火が終わったら」

花火は十発。

それが終わるときが、彼女の恋が終わるとき。

「だからこの瞬間だけは私だけを想って。むかつくとか、うざいとか、嫌いとか、なんだっていいよ。なんだっていい……だから花火が散る瞬間、この一瞬だけは私を想って。お願い」

一発目の花火が散る。

彼はそれを受け入れたのか、渋々《しぶしぶ》隣に座ると……花火を見つめていた。

二発目の花火が散る。

彼女は目を閉じて考えていた。

何度も何度もバレンタインでチョコを渡《わた》したこと。

三発目。

小さいころから彼に会いたくて、同じ習いごとをはじめたこと。

四発目。

小学生のころズルをしてでも、彼と同じ係を選ぼうとしていたこと。

五発目。

中学生になってから気まずくなって、話せなくなって、誕生日の手紙も渡せないまま捨てたこと。

六発目。

ずっと応援しててくれた春香の口から、付き合いだしたと聞いた日のこと。

七発目。

そんな彼の横顔は、初めて見た、恋する男の子の顔だったこと。
八発目。
出会った日のこと。
九発目。
結局まともな告白なんて一度もできなかったこと。
十発目。
「……ぁっ……」
この瞬間に後悔《こうかい》する。
一度でも言えばよかったのに。
結果がわかっていたとしても。
でももう終わり。終わり。
「え……?」
目に映ったのは十一発目。
そして……

「生徒会より五発の追加です！」

会場に響くアナウンス。

「ぁ……はっ……えぇ？」

そんな、そんなこと……できるのは一人だけだ。

会長の目を盗《ぬす》んで、費用を狂《くる》わせることなく捻出《ねんしゅつ》できるのは、たった一人、優秀な会計係しかいない。

ばれていたなんて、ここで初めて気づいたのだった。

ほんとに、彼はどこまでもおかしい人だ。私のためにこんなことをするなんて。

「あはは……」

なんだか笑いがこみ上げて止めることができなかった。

一所懸命《いっしょけんめい》な十発も、たった五発に拍子抜《ひょうしぬ》けさせられて、もう、どうでもよくなってしまった。

「そっかあ……。勇輝、好きだった。ずっと好きだった……ごめんね、ありがとう。幸せに」

十年の思いはあっけなく口からこぼれ落ちて、涙《なみだ》で終わるはずの忘れられない思い出は、笑顔のまま幕を閉じた。

花火で思い出すのはもう、この人ではないのだ。

文化祭の思い出は

「よ。気は済んだ?」

「おにぃ……うん、ありがとう。あ、でも君塚君にばらしたでしょ!!」

「まあま、許してくれ」

二人だけの空間は終わって、一人きりでステージを降りてくる彼女を迎《むか》えたのは最大の協力者。悪びれもせず飄々と答える様はさすがと言える。

「ほんとにやりきるとはな~」

「うん。先生達の投票うまくいってくれてよかった、ありがとう」

「ま、経験者としての一言は重かったらしい。〝誰よりもこの日のために努力してきた人物は、みんなが知る人物は、一人だけだと思う〟ほぼみんなお前に投票したよ、沙耶」

「会長……！」

「君塚君……」

全速力で駆《か》けつけた彼はとりあえず教師に今日何度目かの睨《にら》みを利かせ、息を整えて声を発した。

「お疲れ、様でした」

「……もう、私に内緒《ないしょ》で勝手なことして。どうやって経費を誤魔化《ごまか》してたわけ？」

「おいおい、流石《さすが》にそれは聞き捨てならないぞ教員として」

「突然教師ぶらないでください。大丈夫です、ちゃんと他で調整して問題ないようにしていますから」

一生徒がそんな暴挙に出ること自体、信じられないが、彼ほどの秀才であれば本当にやりのけてしまいそうなところがあるから怖い。

「……おーこわ。ま、俺の仕事は終わりだな。じゃーな」

「あ、おにぃありがとう！」

「学校では相澤先生と呼びなさい」

背中を向けて手を振《ふ》る彼を見送りながら、会長と会計係は二人で何もない空を見上げていた。

もうこの空に花火が上がることはない。

「勝手なことして、すみませんでした」

「なんであんなこと」

「一秒でも、一瞬でも長く、会長にその時間を過ごしてほしかったんです」

彼女にはその気持ちはわからなかった。

彼の立場に立ってみても、同じ行為《こうい》はきっとできない。

自分の好きな人が、他の誰かといる時間を長くつくるなんてことは。

「……なんて嘘《うそ》です」

「え？」

「十発が終わったあと、五発が始まった時、会長は誰のこと考えていましたか？」

なんてこと。してやられた！

彼女は瞬時に理解した。

彼はすべてわかった上でやっていたのだ。だってこんな自信満々の笑《え》み。

彼は最初からこうなるとわかっていたのだ……彼女自身の気持ちの変化を。

「ちゃんと終われたのならはじめてください」

「……ずるいこと、するんだね」

「学校巻き込んだ会長に言われたくはないですけどね？」

「……何も言い返せない」

今後は誰と花火を見上げるのか、その時彼女は何を思い出すのか……

今日という日の文化祭は誰との思い出になっていくのか。

答えはもうすぐ、そこにある気がする。

［ 5分後に恋するラスト ］

Hand picked 5 minute short,
Literary gems to move and inspire you

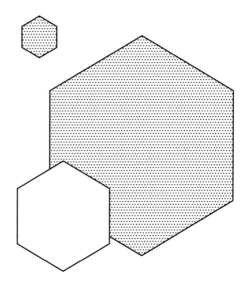

半分な私の恋《こい》

天音花香

母の口癖《くちぐせ》

「なんでも半分でいいわよ？　出る杭《くい》は打たれるし、ビリだとそれはそれで、悪目立ちするしね。だから半分。これが一番安全に過ごせるコツなのよ」

母の口癖だ。

普通《ふつう》、親は子供に上のほうを目指させるものじゃないのかな。

でも、私はそんな母の口癖のおかげで悪目立ちせず、平均的な地味な子に育った。

それに対して不満もなかった。それなりに友だちがいて、それなりに楽しい中学生活を送っていた。

あの日までは。


私、春田朝子《はるたともこ》は中二になった時、一人の男子に恋に落ちた。

長谷川京《はせがわきょう》君。色白で線の細い男子だった。指が長くて綺麗《きれい》だと思った。

美術の時間に偶然隣《ぐうぜんとなり》の席になって、彼《かれ》が絵を描《えが》いているところを見た。美しい指から生み出される繊細《せんさい》な絵。なんて素敵なんだろうと思った。

それからは彼が気になって気になって。

気がつくと彼ばかり見つめているようになっていた。


ある日の移動教室。私が教室を出ようと急いでいると、教室へ入ってきた男子とぶつかった。

京君だった。

「ごめん、えーっと……名前……」

「春田です」

「あ、そうだった、春田さん。ごめん。怪我《けが》とかしてない？」

「大丈夫《だいじょうぶ》です」

「そう。なら良かった」

京君はよっぽど急いでいたのか、その後授業道具を持って教室から出ていった。

私はしばらくぼんやりとしていた。

ショックだったのだ。

京君は同じクラスの私の名前を覚えていなかった。

そのとき思った。京君が私の名前を覚えてないのは、私があまりに地味で目立たない半分の女子だからに違《ちが》いないと。

半分じゃ足りないもの。


帰宅して私は母に泣きながら言った。

「お母さん！　半分なんていいことない!!　半分じゃ名前も覚えてもらえないよ!!」

母はそんな私に向き合うと、

「好きな人ができたのね」

と言った。

「そうねえ。半分じゃ足りないことがあったわね。お母さん、それを言い忘れてた」

「それは何？」

「答えは教えないわよ?　あなたが自分で探しなさい。全力であたらないと後悔《こうかい》すること」

全力であたらないと後悔すること……。

思い当たるものは今は一つしかなかった。

この恋、だ。

でも、全力ってどうしたらいいのかな。

今まで半分で十分満足してきたからわからない自分がいた。苦労はしてこなかったけど、私の人生って中途半端《ちゅうとはんぱ》なものだったのだろうか。そうは思いたくない。

どこまでやればいいか、何が全力かなんてやってみないとわからないし、やってみてもわからないものなのかも。

それでも。それでもこの芽生えた恋は大切にしたいと思えた。

頑張《がんば》ろう。

何からしたらいいのかな。

外見を変えてみる?

私は洗面所の鏡に映る自分とにらめっこをする。

校則通り眉《まゆ》より上の前髪《まえがみ》。肩《かた》より少し長い髪も校則通り耳下で二つにしばってる。

眉はちょっとは手入れしてる。

奥二重《おくぶたえ》の目は小さめ。

唇《くちびる》は薄《うす》くて口も小さい。

見れば見るほど特徴《とくちょう》の薄い顔だった。

「ふう」

思わず溜息《ためいき》が漏《も》れた。

そこへ母が通りかかった。

「外見でつられるような男子でいいの？」

母の言葉は胸に刺《さ》さったが、外見が地味だったら結局覚えてもらえないのではないかとやっぱり思ってしまう。

そんな私を見て、母は肩をすくめると、

「仕方ないわね。一つだけ朝子に魔法《まほう》をかけてあげる。でも、これぐらいにしときなさいよ?」

と言い、コンパクトを取り出した。

そして、私の頰《ほお》に筆をふわりとのせた。

「!」

それだけのことなのに、顔色が明るくなった。

「若いからこれで十分。いい? 笑ったときに上がるところに少しだけよ? 塗《ぬ》りすぎるとおてもやんみたいになるから」

私はおてもやんの意味はわからなかったけれど、神妙《しんみょう》に頷《うなず》いて、そのチークのコンパクトを受け取った。

そして、シャンプーをはじめて自分で買った。使い心地はよく分からなかったので、香《かお》りで選んだ。

「朝子、シャンプー変えた?」

「顔色も最近いいよね?」

友だちはすぐに気付いてくれた。

「好きな人でもできた?」

私はちょっと照れながら頷く。

「誰《だれ》? 誰?」

「……ナイショ」

「えー、内緒《ないしょ》?」

「でも、初恋だよね? 上手くいくといいね!」

「応援《おうえん》するから」

「ありがと……」

もちろん京君に気付いてもらえるわけはない。

でも、些細《ささい》なことを頑張ることに意味があると私は思うことにした。

頑張れ私

他に何ができるかな。

とにかく名前を覚えてもらいたい。

どうやったら覚えてもらえるかな？

なんでも半分な私。

でも、京君にとっては半分じゃなくて、もっと大きな存在になりたいもん。京君の中では目立ちたいもん！

「おはよう！　長谷川君!!」

とても地味かもしれないけど、毎朝挨拶《あいさつ》をすることから始めることにした。

京君はちょっと目を見開いて、

「おはよう……」

と返してくれた。

多分、名前はまた忘れてるな。

私はとにかく笑顔を心掛《こころが》けて、

「春田です。おはよう」

と今度は名前を自分から名乗って、もう一度挨拶をした。

挨拶に名前を付けるのは変かもしれないけど、これが一番かなと思った。

でも、すぐに覚えるのはきっと大変。

だから私は毎日これを続けよう！


五日目。

「おはよう！　長谷川君‼」

いつもの私の挨拶に、

「おはよう」

京君は驚《おどろ》かずに挨拶を返してくれるようになった。

これだけでも私はとても嬉《うれ》しかった。


一週間が経って、挨拶に変化がまたあった。

「おはよう……、はるた……さん？」

名前をおずおずと付けてくれたのだ!!

「はい！　春田です！」

私は嬉しくて満面の笑みで応えた。すると、京君はペコッともう一度会釈《えしゃく》をした。

か、可愛《かわい》い……!!

私は自分の心がキューンとなるのを感じた。不思議な感覚だった。そして、とても幸せな気持ちだった。

十日も過ぎると、

「おはよう、春田さん」

と微笑《ほほえ》みながら返してくれるようになった。

京君の笑顔は私にはすごい破壊力《はかいりょく》だった。初めての時は心臓が止まりそうになった。

「名前、覚えてくれたんだね！　ありがとう！　嬉しいよ！」

「い、いや。こちらこそなかなか覚えられなくてごめんね」

「いいのいいの」

京君の初めての反応は私を幸せにする。

そして、私を我儘《わがまま》にする。

もっと。もっと京君を知りたい！

そして、仲良くなりたい！


苦手だった美術の時間も今では待ち遠しいほど。

「あ、春田さんも美術だったんだね」

と言われた時はちょっと悲しかったけど、でも、やっと認識してくれて嬉しい。

美術の時間は、京君が絵を描《か》いているところをガン見してしまう。だから自分の絵が疎《おろそ》かになるけど、いいの。京君はまるで魔法のように対象物を美しく描く。実物よりずっと素敵に。


「春田、さん？」

その日も美術の時間だった。初めて京君から声をかけられた。

「はい？」

「そんなに見られると描きづらいけど」

困ったふうに京君は言った。

「あ、ごめんね。長谷川君、絵を描くの、上手だから、ついつい見てしまうの」

「そうかな？　一応美術部だからかな」

「そうなんだ！」

新しい情報ゲット！

「春田さん、絵に興味あるの？」

「？　えっと……」

私が興味があるのは貴方《あなた》です！　と言いたいのを我慢《がまん》する。

「なんで？」

「いや、絵に興味あるなら、美術部に入らないかなと思って。それとも何か部活入ってる？」

「……は、入ってない」

あれ？　なんか違う方向に話が進み出した、かも。

「今日、授業の後、見学来る？」

初めての京君からのお誘《さそ》い？

美術は苦手。でも、断れるわけなかった。

「うん！　行く！」

放課後、一緒《いっしょ》にどこかに行くって、なんかとっても素敵！

待ち合わせではないけれど、デートでもないけれど、でも幸せ！　その後の授業はなかなか頭に入ってこなかった。


待ちに待った放課後。

「春田さん、美術室でやってるから。行こうか」

「はい！」

語尾《ごび》にハートが付きそうな返事になってしまった。

そんな私に京君はくすりと笑った。

「え？　な、何か可笑《おか》しかったかな？」

「いや、ごめん。春田さんって、こんな人だったんだなと思って……」

「こんな、人？」

戸惑《とまど》う私に、京君はまた笑う。

「悪い意味じゃないんだ。なんていうか、元気で面白《おもしろ》い人だなと」

面白い人……。私はちょっと驚いた。私って、半分な人なのに、面白いの？　そう、京君は思ってくれるの？

思わず笑顔になる。

「面白いって言われたの初めて！　ちょっと嬉しい！」

「面白いって言われて喜ぶのも珍《めずら》しい気がする。気を悪くしなくてよかった」

気を悪くするなんてとんでもないよ。京君を笑わせてるのが私だなんて、凄《すご》いことだもん！

「私、自分は半分な人と思ってたから、だから、そんなふうに言われたら何だか嬉しいんだ〜」

「半分な人？」

「うん。平均的って言えばいいのかな？」

私は少し躊躇《ためら》いつつも、母の口癖の話を京君にした。

京君は興味深そうにその話を聞いていた。

「確かに、そう言われると半分って安全なのかもね。僕《ぼく》もそういう意味では半分に近いのかも」

「長谷川君は違うよ！」

私にとっては！　と言いそうになるのをぐっと堪《こら》える。

「そう？」

「ほ、ほら、長谷川君は絵が上手いし！」

「美術部の中では普通だよ？」

「私は長谷川君の絵、好き!!　まるで魔法みたいだもん！」

「魔法……？」

「うん！」

すると京君は、ちょっと下を向いて、

「あ、ありがとう。そんなふうに言われたの、初めてだなあ」

とはにかむように笑った。その耳がほんのり赤く染まっていて、私は何だか恥《は》ずかしくなった。

直接的に言い過ぎちゃったかな……。

おしゃべりをしてるとあっという間に美術室に着いてしまった。

十人に満たない生徒がそれぞれ異なる場所で絵を描いている。スケッチの人もいれば、水彩《すいさい》の人、油彩《ゆさい》の人もいた。あと、何だろう？　漫画《まんが》のような絵を描いている人も。

「基本的に、好きな日に来て好きな絵を描いていいから。月に一枚は提出。あと、廊下《ろうか》に展示する月があるから、その時はいつもより頑張ってね」

「あ、でも、私、美術の授業で習ったことしかわからない初心者なんだけど……」

「顧問《こもん》の山中《やまなか》先生に聞いたら教えてくれるし、僕や先輩《せんぱい》に聞いても大丈夫だよ？」

「わかった」

ちょっと不安はあるけど、京君が絵を描くところを見放題になるわけだし、同じ部活ということで会話も増えるかもしれないし。動機が不純だけど、私は美術部に入ることにした。

「僕は実は幽霊《ゆうれい》部員？　で、あ、でもみんなそんな感じかも。だから春田さんもあんまり気負わず、来れる時に来ればいいから」

ん？

じゃあ、毎日部活で一緒なわけではない？

なんだ。それはちょっと残念。

顔に出てしまったようで、私を見て京君が笑った。

「なんか、捨てられた犬みたいな顔する人、初めて見た。何、そんなに部活したいの？」

違うよ、京君……。

「まあ、最初は不安かもしれないから、僕も一緒に行くよ」

「ほんと!?」

間髪《かんはつ》入れずに言った私に、ちょっと京君は驚く。

「え？　う、うん……」

「ありがとう！　よろしくお願いします！」

「う、うん……。やっぱり、春田さんて、面白い人だね」

呆《あき》れたように言った京君に、私は、

「ありがとう！」

と答えて、京君に再び笑われた。

半分以上

「おはよう、長谷川君！」

「あ〜、おはよう、春田さん。今日も元気だね」

毎日交わされるようになった朝の挨拶は、私の元気の源だ。

「今日は天気もいいし、部活日和《びより》だね！」

「何、その部活日和って」

京君は笑った。

最近気付いたことだが、京君はツボにハマるといつまでも笑っていることがある。

そんな京君を見るのが私はとっても幸せ。

「春田さんていつも機嫌《きげん》いいよね」

「そう、かな？」

それは京君と一緒にいるからだよ。

「笑顔が多いっていいよね」

「ありがとう！　京君もよく笑ってるよ？」

「そう、かな？　はは、確かに自分じゃわからないことかも」


は～幸せ！

京君との会話も段々増えているのが実感できて、美術部にも入って良かったと思えるのだった。

今、京君にとって私はどのくらいかな？

まだ半分、かな？

以前より話せるようになって、京君を身近に感じるようになった。

すると、京君は私をどう思っているのかが気になりだした。嫌《きら》われてはいないと思う。でも、嫌われてない、だけじゃ嫌《いや》なんだ。

私、我儘になったなと思う。でも。でも止められない。私、京君の半分以上になりたい。好きになってもらいたい。


「大丈夫？　春田さん。手、止まってるよ？」

いきなり目前に現れた京君のどアップに、

「きゃっ！」

と私は悲鳴をあげた。

筆が落ちてカタンと音が鳴る。

「具合は悪くはなさそうだよね？　顔色はいいから」

京君が筆を拾いながらそう言った。

「う、うん！　ピンピンしてるよ！」

「ほんとだね。でも、今日はもう帰らない？」

「え？」

「さっきからその風景画、進んでないよ？」

「あ」

私は自分の絵を見て、気まずくなった。空の色も、影《かげ》の位置も実際とだいぶ変わってしまっている。

「春田さんて、面白いよね。色を縦に塗っていく人初めて見たかも」

言われて私は恥ずかしくなった。そう。私は色を縦に塗るから、まだ、半分白いままだった。

「恥ずかしいから、見ないで？」

「最後には提出するのに？」

「こ、これはボツ」

ふうん、と京君は言って私をじっと見た。

「な、何？」

「春田さんてさ、美術、もしかして嫌い？」

「え？」

どきりとした。

ど、どうしよう。美術が苦手ってバレちゃったら、どうなるんだろう⁉

でも、京君に嘘《うそ》はつきたくないし、たぶんもう京君は分かっている。

「ええっと、どちらかと言うと苦手、かな」

私は正直に言った。

「そう、やっぱり」

あ、バレてる。

それにしても静かだなあと思って周りを見渡《みわた》すと、私と京君だけになっていた。

私、どれだけぼんやりしていたんだろう。

「じゃあ、なんで美術部に入ることにしたの？」

京君の問いに私は困ってしまう。

「長谷川君が絵を描くのを見るのが好きだったから……」

というのもあるし、京君が好きだからというのが本当の理由だけど、言えない。

京君は驚いているようだった。

「そんなに僕の絵好きなの？」

「うん」

私の返事に京君は目を逸《そ》らして赤くなった。

「嬉しいような、恥ずかしいような、だね」

会話が途切《とぎ》れた。

京君は今も恥ずかしそうにしてる。

「え、えっと、帰る？　もう誰《だれ》もいなくなっちゃったもんね」

私は言って、あれ？　と思う。

これって、チャンスなんじゃないのかな。

誰もいないから京君に告白するチャンス。

でも。

告白して振《ふ》られたら今までみたいに楽しく会話できなくなるだろうな。

関係は変わっちゃうよね。

どうしよう。

「そうだね。僕も描き終えたし、帰ろうかって、なんて顔してんの、春田さん?」

「え?」

「なんて表現したらいいんだろう。この世の終わりみたいな顔」

「そ、そう?」

「今日はずっとぼんやりしてたし、何か悩《なや》みごとでもあるの?」

「……」

それは京君のことだよ。

「また半分について考えてるの?」

ドクっと心臓が跳《は》ねた。

「あれ、図星？　春田さん、すぐ表情にでるよね？」

京君はちょっと笑った。

「……」

どうしたらいいのかな。

確かに半分以上になりたいけど、嫌われるのはもっと嫌。

告白する人はどうやってその恐怖《きょうふ》を克服《こくふく》するんだろう。

「春田さん？　僕でよければ話を聞くことぐらいはできるけど？」

「は、半分以上になるにはどうしたらいいと思う？」

「え？」

「わ、私……」

「うん？」

切り出したはいいけど、言葉が続かない。

「……」

「春田さんは春田さんのままでいいと思うけど、それじゃダメなの？」

私は私のまま?

「でも、私、気になってしまって」

「うん?」

「……長谷川君にとっての私、半分以上になれてるかなって」

私はとうとう言ってしまった。

「え?　僕?」

京君はちょっと首を傾《かし》げて、考えて、そしてみるみる耳まで赤くなった。

「ええっと、それって、あの……春田さんは僕のことを気にしてるの?」

私は制服のスカートをぎゅっと握《にぎ》って、ただ頷いた。手は汗《あせ》で湿《しめ》って、身体中が熱かった。

「あー、じゃあ、結論から言うね」

「……」

私は京君の目を見て頷いた。

「春田さんは半分じゃないよ?」

「半分じゃ、ない？」

私は意味を測りかねて、首を傾げた。

「うん。僕の中で、春田さんは半分じゃなくて、春田さん。……えっと難しいな」

京君はくしゃりと自分の頭をかいた。

「長谷川君。私、人間的なことを言ってるんじゃないんだ。あのね、私が長谷川君の半分以上になりたいのは、長谷川君が好きだからなの。異性として」

私はなんだか不安になってそう言い足した。

「う、うん。分かってるよ？　僕も春田さん、好きなんだ」

私は喜びより疑いのほうが大きかった。

「名前も覚えてなかったのに？」

嫌な顔してるだろうな、私。

自分が嫌いになりそう。

「あー、確かに名前分からなかったよ。でも今は違う。正直、女子に興味なかったけど、そこに春田さんが入ってきたんだ。毎日。それが嫌じゃなくて、とても楽しくて……」

京君は懸命《けんめい》に言葉を紡《つむ》いでくれた。

「あ、これ見せたほうが早いかも」

京君は先ほど閉じたスケッチブックのページを開いた。

そこには。

「これ、私……？」

「うん……」

はにかみながら京君は頷いた。

スケッチブックには、ぼんやりしている私の顔が描いてあった。

「ほら、ここ。春田さんは頬がほんのりピンクで可愛いんだ。だから、鉛筆《えんぴつ》で表現するのは難しかったんだけど、よく描けてると思わない？」

「長谷川君……」

私は胸が一杯《いっぱい》になって、泣いてしまった。

スケッチブックの中の私は、心ここにあらずな顔だけど、本当に可愛らしく描いてあった。

「な、なんで泣くの⁉」

「う、嬉しくて……」

「ちゃんと好きだよ」

京君はもう一度そう言ってくれて、ハンカチで私の涙《なみだ》を拭《ぬぐ》ってくれた。

そして、驚いていた。

「は、ハンカチがピンクに⁉」

私は笑って、母の魔法の話をした。

「そっか。素敵なお母さんだね」

私たちは道具を一緒に片付けて、一緒に帰ることにした。

お互《たが》いまだ知らないことの多い私たち。

話すことはたくさんあった。

「これからよろしく。春田あさこさん」

「うん。これからよろしく。長谷川京君。ちなみに私はあさこじゃなくて、ともこっていうんだよ?」
私たちは笑いあって、別れた。
明日からは京君にとっては半分でない私。
嬉しいな。母に報告しよう。

［ 5分後に恋するラスト ］

Hand picked 5 minute short,
Literary gems to move and inspire you

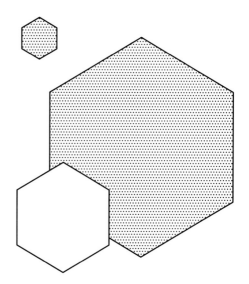

カフェモカ

霧内杏

会社帰り。偶然《ぐうぜん》、同僚《どうりょう》と一緒《いっしょ》になった。別段仲がいいわけでもないが、なんとなく駅までの道を一緒に歩く。

「ねえ。コンビニ寄っていい？　コーヒー買いたい」

「はいはい」

寒そうにコートのポケットに手を突《つ》っ込《こ》んだ彼の口からは、白い息。肩《かた》に掛《か》けられた鞄《かばん》の中には、貰《もら》ったチョコが三つ入っている。用もなさそうに雑誌なんか見てる彼《かれ》を後目《しりめ》に、レジで注文。

「おまたせ」

「お……」

私の手の、ふたつのカップに彼の首が少しだけ、不思議そうに傾《かたむ》いた。

「ん」

「なに？　おごり？」

カップを押《お》しつけると、リムレス眼鏡の向こうの瞳《ひとみ》がすーっと細くなった。

「寒そうだなって。いらないならいいけど」

「いや、もらう。サンキュ」

右手がカップを受け取って、心の中でほっとため息。なんでもないようにカップに口を付けながら、彼が飲むのをどきどきとしながら待っている。

「あまっ。コーヒーじゃないのか?」

「カフェモカ。甘《あま》いの苦手っていってたけど、これくらいなら大丈夫《だいじょうぶ》かな、って」

「んー、飲めなくはない」

熱いカフェモカをちびちび飲んでる彼に、熱いコーヒーを飲んでるせいか顔が熱い私。

「そういや今日ってさ」

「うん」

期待で、顔が上がる。……でも。

「いや、なんでもない」

気付け、莫迦《ばか》。心の中で毒づいたって、彼には聞こえない。

「ごちそうさん。お返しはハニーベリーのパンケーキあたりでＯＫ？」

「はい？」

たかが数百円のお返しに、カフェのパンケーキ？

「貰っちゃったからな、チョコ。ホワイトデーにお返しだろ？」

人差し指と中指で、眼鏡のブリッジを押し上げた彼の片頬《ほお》が上がる。とたんにボン！ってあたまが爆発した。……わかってたんだ。どうして今日、チョコソース入りのカフェモカなのか。

「なに？　いらないの？」

「……いる」

「じゃあ、ひと月後を楽しみに」

なぜか嬉《うれ》しそうに歩き出した彼の後を慌《あわ》てて追いかける。彼が今日、私からのチヨコを心待ちにしてたなんて、知らずに。

［５分後に恋するラスト］

Hand picked 5 minute short,
Literary gems to move and inspire you

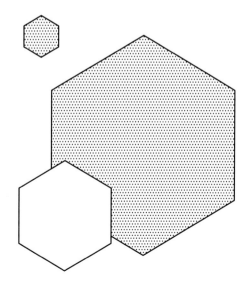

今《いま》宮《みや》とツン女。

阿比留ヒロ

「なんでここまで張り切っちゃうかなあ、マジで」

率直な感想、こんな感じ。今朝もエヤッとした感情を胸に、サドルにできた水の粒《つぶ》を手の平で拭《ぬぐ》う。

要するにだ、昼は問題ない。朝がリスクってのは放射冷却《ほうしゃれいきゃく》って現象のせいだよな。

変くない？

変くない？

朝めっちゃ温度が下がって昼はいい天気とか変くない？

別にドーンと温度を下げてからドカーンと温かくしなくてもよくなくね？　実は陽気なクセに朝の始めは寒いとか、なんだか秋の温度ってツンデレ。

秋って性格ワルー！

俺《おれ》はツンデレの女ってマジ嫌《きら》いだしー！

「げ、シュートかよ」

前カゴに我が物顔で鎮座《ちんざ》している落ち葉が邪魔《じゃま》。お前の指定席じゃねえよと摘《つま》んで投げた。

不安定に揺《ゆ》らめきながら落ちる葉っぱのお供を名乗り出たのか、途端《とたん》に幾《いく》つも降ってきた枯《か》れ葉《は》シャワー。落ち葉って女子かよ。休み時間に女子たちがグループで便所に連れ立って行くのと行動が似てなくね？

つくづく思う。

桜ってみんなからキレイキレイ言われるけど、その期間は春先のほんのわずかな間だけ。せこい。ピンクをチラ見せしたらあっという間に緑塗《まみ》れの木になるし。秋になると春の栄光があるからなにをやってもＯＫみたいに高飛車になって、我が物顔で葉っぱを撒《ま》き散らす暴挙に出るし。

てか駐輪場《ちゆうりんじよう》の側に桜って迷惑《めいわく》。

そこら一帯が役目を終えた茶色の枯れ葉ばかり。しかも今朝は酷《ひど》いツンデレ現象のせいで踏《ふ》んでもサクサクしないし。むしろ濡《ぬ》れてて滑《すべ》るし。ゴムタイヤと抜群《ばつぐん》に相性が良くて濡れ落ち葉の上を通ると危険だし。

やっぱ駐輪場に桜はないわ。

『もう冬がやってくるよ、はしゃぎ過ぎた夏テンションを少しは引き締《し》めたら？』

そう言わんばかりに眠気覚《ねむけざ》まし効果が強くなってきたヒンヤリ空気を鼻いっぱいに吸い込《こ》み、少し湿《しめ》っぽいハンドルを握《にぎ》り締めた。


高校へは結構な距離《きょり》があるから、俺は自転車で通学をしている。その『結構な距離』ってのが重要で。朝早くに家を出るから夜風で落ちた枯れ葉がまだそこら中を自由に過ごしている時間に自転車を漕ぐ。

これがなんとまあ、不思議。帰宅時間は全然違《ちが》う。町内のオッチャン（オバチャン？）らが頑張《がんば》っているんだろう。道路脇《わき》に集めて茶色の山を作っていたり、綺麗《きれい》さっぱりなくなっていたり。

偉《えら》い……チャリ族からしたらマジでリスペクト。暗がり帰宅で長時間チャリ漕ぎの俺には実に有り難《がた》い。

んで、だ。疑問ね。

秋ってそんなにいいか？

風情がある？

紅葉が綺麗？

それ、もう直《す》ぐゴミだぞ。

そんな緑からパワーダウンした如何《いか》にも落ちる直前ですよ的な根性なしたちに、なんで「綺麗ですなあ」と心を震《ふる》わせるのか意味不明。

毎日毎日枯れ葉を集めて掃除《そうじ》をしてくれるオッチャン（オバチャン？）の身になってみろよ。あの人たち、どんなに頑張っても汗《あせ》をかいても給料出ないんだぜ。落ち葉の掃除って善意、ボランティア！

きっとまた今日も親切なオッチャン（オバチャン？）が、せっせことホウキを繰《く》り出すんだろう。まだ桜の木には投下予定のブツが沢山《たくさん》控《ひか》えている。いたちごっこ的なこの毎日をオッチャン（オバチャン？）たちはどんな気持ちで掃除をしているんだろうか。

桜の木ってやっぱり嫌い。

俺が将来一戸建て持ちのオッチャンになっても、絶対にこんな面倒臭《めんどうくさ》くてワガママな木なんか植えねえよ。

まだハンパに夜が明けた頃《ころ》、そこら中に散らばり地面を茶色に染めている奴《やつ》らの上を少し急いだゴムタイヤが走る。

最近は自分にぶつかる風が攻撃的《こうげきてき》な温度になっていて耳の奥《おく》をズキズキさせる。去年買ったイヤーウォーマーってどこにやったっけ、まあそんなに高くないから今年出た格好良いやつを買うか、でも冬でもないのに装着してたら笑われそう。もう少し寒い時期になってからだよなあ。つくづく秋ってハンパでめんどくさ……なんてぼんやり考えながらペダルに力を込めた。まだまだ学校は先の先。秋の朝っては茶色のブツと耳イタとでテンション下がりっぱなし。

学校に着いたが駐輪場まであと少しってとこで問題発生。

前の赤い自転車は……放射冷却現象の女だ。ツンデレ。いや言葉の解釈《かいしゃく》を間違えてるな。デレてるとこなんて見たことないからツン女。てか、こいつこんな早くから漕ぐやつだったんだ。早く登校して学年トップをキープするためにシコシコと勉強をしてんだろうな。暗い暗い。

そう参った的に赤い自転車の女の背中を眉《まゆ》を寄せて見ているってフラグはもちろん、ツン女と仲が良いわけじゃねえよって意味。同じクラスのヤツって基本的に教室以外でバッタリ会ったらなんだか嬉《うれ》しくなっちゃうのに、この女に対してそういう感情はない。

邪魔だな……抜《ぬ》かしたい……。ベルなんて鳴らすの格好悪いし喧嘩《けんか》を売られそうだし。この隙間《すきま》は抜けるか？　無理かな？

最初から『ちょっとゴメンよ、狭《せま》いけど先を急ぐので』なんて言うつもりはない。ない！

だってこいつ、いっつも頭が良いのを鼻に掛《か》けてるし。教室で騒《さわ》いでいたら『ほんと今宮亮介《いまみやりょうすけ》ってガキ。うるさすぎて本が読めない』ってわざと聞こえる声でボヤいたし。

性格ワルー！

そりゃ嬉しくてハイテンションで騒ぎすぎた俺も悪かったけどさ。まぶたを半開きにして明らかに汚物《おぶつ》を見るような目を向けてさ。クールビューティーを通り越《こ》して南極ブリザード女だよ。

しかも瞬間《しゅんかん》冷却発言はこれだけではない。

『今宮ってバカ？　そんな拭《ふ》き方で掃除してるって言わないから』

『ねえ、黒板消すならちゃんと消してよ。今宮の消し方が一番汚《きたな》い。小学生みたい』

『ちょっと今宮、袖《そで》に米粒《こめつぶ》付けてる。バカが増してる』

『はあー……、今宮はいいわね。なーんにも考えてなくて人生適当に生きていて』

なっがい髪《かみ》の毛を手先で払《はら》いながらフンって顔をして……バカバカバカバカ何度も何度も……マジムカつく――ッッ！

俺さ、お前に何にもしてないじゃん！　そこまで俺を毛嫌いする理由って何？

ちょっと美人だからってさ、面と向かって俺をバカにしてなんなんだよお前は！

きっとコイツの親父はイエティで母親はメデューサに違いない。凍《こお》りつくほど寒くてネチネチした家庭で育ったんだ。間違いない。

前を走る長い髪の背中を見てまた溜《た》め息《いき》。なんで朝っぱらからメンタル閉店ガラガラ。ついてない。

駐輪場は校舎の裏手にある。今通っている校門から校舎玄関口《げんかんぐち》までの道は広いけど、自転車は建物脇と樹木の間の狭い道を通りグルリと裏まで回り込まなければならない。

まだツンが乗ってる自転車とは距離《きょり》があるけど所詮《しょせん》は女子。あっという間に差が縮んだ。

今はかなり早い時間だから周りはまだ誰《だれ》もいない。あんな寂《さび》しい場所でツンと二人きり。やっぱり『おはよー』ぐらいは言わないといけないシチュエーション。でもコイツは無視しそうくね？

それはさすがに朝からヘコむ……かなり避《さ》けたい。今からダッシュで漕いで小道に入る前に抜き去るか？

いや、そりゃさすがに焦《あせ》ってる感丸出しでカッコ悪い。

それよりも小道でピッタリと後ろに付いて、わざと側溝《そっこう》の蓋《ふた》の上を通ってガタガタと音を立てよう。後ろから先を急いでいるチャリが来てるって空気を読んで右側ギリギリに避《よ》けてくれるだろう。チャリ族の暗黙《あんもく》の了解《りょうかい》ってヤツを発動させる。そしてサッサと抜き去る！

ツンの斜《なな》め後ろについた。道の中央を通る彼女《かのじょ》の左側、余裕《よゆう》がない隙間の幅《はば》に前輪を進入させ、金属製の溝蓋《みぞぶた》の上を通り酷《ひど》い音を立てて並びにかかる。

前を向いたままのツン。ゆっくりと自転車一台分の幅が開く。俺はしめたとばかりにスピードを上げた。

徐々《じょじょ》に見えてきたツンの顔の左側面。

向かい風と戦うツンの長い髪の毛が木洩《こも》れ日《び》の微光《びこう》を受け、白いフィルターで画像加工をしたかのように柔《やわ》らかく煌《きら》めいていた。身を引き締める温度の風とペダル運動真っ最中がコラボしていて、いつもは冷血に見える白い頬《ほお》が赤い。

体力的に余裕のないチャリ漕ぎに上気したほっぺ、いつもキリリと閉じた口元が足りない酸素を求めて開いたまま。

あと少しで駐輪場につく喜びからなのか、体力限界で到着《とうちゃく》する安堵《あんど》感からなのか。

狭い道で並びかけている自転車が俺だと気付かず前を見据《みす》え、ゴール間近が余程嬉しいのか大きく開けた口の端《はし》を上げて微笑《ほほえ》んでいた。

ドキッ。

しっかり者のツンツン女の隙を見た気がした。

なんだよコイツ……学校に到着ってだけなのにそんな顔をして喜んで……。

「ぐわっ⁉　うわあああ――ッッ！」

「えっ、キャア――ッッ！」

一瞬《いっしゅん》の出来事だった。

フッと宙に浮《う》いた自分の身体。強い衝撃《しょうげき》の後、側転をしているかのように視界がグルリと渦《うず》を巻き、回転の勢いをつけたまま全身が地面に叩《たた》きつけられた。

コイツを抜き去る時にタイヤが横滑《よこすべ》りを……。

彼女と接触《せっしょく》する事故を予感した俺は咄嗟《とっさ》に握ったハンドルを引き込みながらブロック塀《べい》に体当たりし、自転車もろとも前転をしながら派手に危険回避《かいひ》をしていた。

見上げた視界に入るのはまだ薄《うす》い青色の空と裸《はだか》になりかけの樹木たち。

やられた。ここは桜並木道。だから滑ったんだ。

ツン女に気を取られすぎていた。通路の端っこの万年日陰《ひかげ》ゾーンでジュクジュクしたまま集まっている落ち葉たちをすっかり忘れていた。

こいつらは滑るからってあんなに気をつけて運転をしていたのに！

「イタ……」

「ちょっと！　何をやってんのよ今宮！」

名前を呼ばれ、地面に横たわったまま首だけを捻《ひね》った。赤い自転車が桜の木の間に倒《たお》れてる……ぶつけちゃったのかな、悪いことをした。

ヌチャッと湿っぽい落ち葉布団の上に寝《ね》そべる俺。傍《かたわら》でしゃがみ、眉《まゆ》を寄せて見下ろしているツン。

おい、何にも考えずに腰《こし》を下ろすなバカ。絶対領域とかその奥《おく》とかすっげー迫力《はくりょく》。早く起き上がらないと無実の罪で呪《のろ》いを掛《か》けられそうだ。

両手を付いてゆっくりと上半身を起こす。ピリッとした痛みが走り、反射的に「イタッ」と声が出た。右手親指の付け根にちょっと擦《す》り傷……流血ボタボタってレベルじゃなくて助かった。

「ああ……ごめん。佐々木《ささき》は無事か」

「はあ⁉」

「いや、チャリが倒れてるから俺がぶつけて倒したのかなと」

「ぶつかってないわよ！」

「あ、マジ？」

「私は今宮がバカみたいに転《こ》けたのを見てただけよ！」

「そっか、なら良かった」

「良くないわよ！」

なんでコイツ怒《おこ》ってんだ？

無事だったしゴメンって素直に謝ってんじゃねーかよ。マジで意味わかんねー。

そんなに全身で今宮なんてバカで大嫌いオーラを出さなくてよくなくね？

泥《どろ》まみれの手とチクンとした心の痛さとで眉間《みけん》にシワが寄る。右手の傷を上に向けたまま奇跡《きせき》のハンカチかティッシュが制服のポケットにないかと左手で探《さぐ》ってみたけどやっぱり入ってない。ピンチになった時に母親の教えって大事だったんだと痛感するってのは、やっぱりバカかもしんない。

　そんな反省野郎《やろう》の目の前に現れたのは水色のハンドタオル。眉を寄せ、鋭《するど》い目つきで睨《にら》み倒しているツンは、フカフカを両手で摑《つか》み俺へと差し出していた。

「えっ」

「使いなさいよ！」

「ええ――ッッ!?　や、大丈夫《だいじょうぶ》。こんな傷は怪我《けが》のうちに入らねーよ。要《い》らねーって」

「バカ！」

　見事に間抜《まぬ》けな野郎に容赦《ようしゃ》ないセリフを吐《は》くなよお前ッッ。どうせお前よりもバカだもん。そう少しムッとした時だった。

　目の前にいきなりツンの横顔ズーム。手首を摑まれ引き寄せられ、ツンと俺の距離が縮まった。

　ここから少し離《はな》れた場所に生えているキンモクセイの甘《あま》くて癒《い》やされる香《かお》りを運んできた突風《とっぷう》が、佐々木奈菜《なな》の黒髪を舞《ま》い上がらせた。

でも俺を包んだ匂《にお》いは花だけのものじゃなくて。明らかにベリー系のシャンプーの香りも混じる甘い空気の中、風のイタズラで跳《は》ね上がった長い髪の毛が俺の顔を撫《な》でまくった。

くすぐったいのはフローラルベリーの香りがする髪の毛のせいだけじゃない気がする。ああ、泥を付けた手の平をリボン模様のハンドタオルで丁寧《ていねい》に拭《ふ》き取ってくれてるからくすぐったいのか。

「血が出てるじゃないバカ！」

「や、あっ、まあ不注意っつーことで。でもこんなの大したことないっつーか」

「今度の日曜日にバスケの試合があるんでしょ！　初めてレギュラー取ったんじゃないのバカッッ！」

ザザザ――ッ。

これはキンモクセイ？

それともシャンプー？

んにゃ、柔軟剤《じゅうなんざい》かもしんない。

朝風の樹木を揺らす音がやけに強く聞こえる静かな校舎裏にて、盛大《せいだい》に視線が泳いでいる彼女とポカーン顔の俺との間を甘ったるい風が抜けていった。

「え、なんで知ってんの」

「今宮はいつだってクラスの中心で叫《さけ》ぶから嫌《いや》でも聞こえるでしょ！」

「あ、あああ――っ！　本が読めないってキレてた時か！　や、マジで、すみません……」

「わっ、私も悪かったわね！」

「えっ？」

「今宮……いっつも一人で黙々と練習してやっとレギュラー取って嬉しかったから騒いでいたのに酷いこと言って悪かったわね！」

ザザザ――ッ。

痛さと不意打ちと謝罪を怒鳴《どな》られたのと、ウットリと心地良い香りがする秋の風。

混じりに混ざりまくった混乱の正体は一体なんなんだろう。

そう思っても今の俺の頭は亜空間《あくうかん》状態で少しも通常運転ができていないし余裕も

ない。

それどころか、未だに頬が赤いってどんだけ一生懸命《いっしょうけんめい》にペダルを頑張っていたんだコイツ……と、キレ顔の彼女を見つめていた。

傷口に注意しながらハンドタオルを動かす佐々木は地べタに座って手当てをしていた。痛がらせまいと手先に集中しソフトタッチを繰り返す女が腰を下ろしている場所は未舗装《みほそう》で土が丸出しの地面。

頭の中で先に進むのを止めていた歯抜《はぬ》けパズルが一個、ピースがガッチリとハマった感覚がする。でも新しく未完成部分が増えた気がするのは何でだろう。

「なあ……もしかして俺、佐々木に嫌われてるわけじゃない?」

「は?　こんな時に何言ってんの。バッカじゃない」

水色のハンドタオルを押《お》し付ける強さが増した。俺の汚《よご》れた手を拭うフカフカが汚い土色にまみれていく。

いかにも女子アイテムって空気を出していたものを惜《お》しげもなく使っている表情

は、一生懸命に漕いでいた秘密の顔じゃない。それでも俺の手首を掴んでいる白い手が真っ赤になっているのを見て、ゴール間近で微笑んでいた佐々木よりもデッカい隙を見た気分になった。

「……ははは っ」

思わず笑ってしまった。こんな時に笑ったら絶対に怒るってわかっていたけど。

「意味わかんない。ねえ早く手を洗おうよ。バイ菌《きん》のせいで手が腫《は》れて試合に出られなくなっても知らないから」

「はいはい」

「何よそれ！　ほんっとに今宮って何にも考えてないバカだよね」

「はいはーい」

「ちょっと！　ふざけないでちゃんと聞きなさいよ！　いっつも誰よりも早く学校に来て真面目にシュートの練習をしているくせに、こんな傷を作っても呑気《のんき》ってどれだけバカなのよ！　ほら、行くわよ！」

顔も手も真っ赤なのは落ち葉で転けたバカな俺に怒っているから？

それともペダル運動の余韻《よいん》？

でさ、お前なんでこんな早く学校に来たの？

そんなヤボな質問はツンの陰に隠《かく》れていたデレ佐々木を見つけたから言わずに内《ない》緒《しょ》にしておきます。

［5分後に恋するラスト］

Hand picked 5 minute short,
Literary gems to move and inspire you

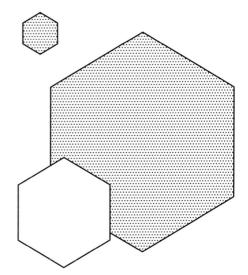

ウソのち失恋《しつれん》

虹彩

朝から雲行きが怪《あや》しかった空。

午後の授業が始まる頃《ころ》には、ポツポツと雨が降り始めていた。

「今日の部活、サボらねえ？」

「先輩《せんぱい》にしばかれるぜ」

「雨だと筋トレだぜ。マジうぜえ」

サッカー部の奴《やつ》らが、掃除《そうじ》とは言えないような掃《は》き方で箒《ほうき》を振《ふ》り回しながら、部活をサボるかの相談をしている。

俺《おれ》は帰宅部だから、黙《だま》って真面目に掃除をするんだ。

別に綺麗《きれい》好《ず》きってわけじゃないさ。

サボるとか、ウソつくとか、そういうことを器用にできない鈍臭《どんくさ》い性格なだけで、俺の心には正義感も真面目さの欠片《かけら》もなかった。

ロッカーの前を掃いていると、鈍《にぶ》く光る金属製の何かを見つけた。

「カギだ」

赤いヘアゴムが通してある。

自転車のカギだろう。

赤のゴム……きっと女子のだ。

自転車通学の奴はけっこういるが、女子では砂山《すなやま》さんと谷口《たにぐち》さん、そして……朱《しゅ》里《り》。

「おーい、タツ！　いい加減ホームルーム始めるからよ、掃除を終わらそうぜ」

「すまん」

サッカー部の奴に声をかけられ、俺はそのカギをポケットにしまい込《こ》んだ。


ホームルームが終わった後も、俺は少しゆっくりと帰り支度をしていた。

本降りになる前に、きっとみんなは慌《あわ》てて帰宅するのだろう。

体育館は、部活の奴らでごった返すのだ。

文句を言っていたサッカー部の奴らも、結局先輩が怖《こわ》かったのか、北校舎の外階段をダッシュで昇《のぼ》り降りしていた。

「蒸し暑い」

そんな放課後。

校門脇《わき》の駐輪場《ちゅうりんじょう》に、女子が一人で鞄《かばん》の中をひっくり返していた。

……そう、朱里だ。

カギの片面に『S』のイニシャル。

きっと彼女《かのじょ》だと確信していた。

「どうした?」

「ああ、龍也《たつや》君。カギないのよね」

「何の?」

「ここで『何の』はないでしょ。自転車のカギに決まってるじゃん」

「威張《いば》るな。鈍臭いくせにさ」

「ほっといてよ」

会話しながらも彼女は、スカートのポケットに手を突《つ》っ込んでみたりと忙《いそが》しく手を動かしていた。

俺は少し勇気を出して言ってみた。

「あのさ、教室に落ちてるんじゃないの？」

「ああそっか！　これだけ探してもないんだもんね。ね、龍也君、探してきてよ」

「俺が？」

「うん。龍也君、掃除当番だったでしょ。あたし確かに鞄にゴムでくくっておいたんだよ。赤いゴムのついたカギ、落ちてなかったかな？」

「まあいいや。けどさ、本降りになってきたぜ。探してもなかったら、俺の傘《かさ》で帰らねえか？」

「うん。なかったらお願いね」

ポンッと俺の肩《かた》を叩《たた》いた。

そうさ、これが目的だったんだよな。

朱里とは悪友みたいなものだった。

小四の時に同じクラスになってから、腐《くさ》れ縁《えん》でなぜか近くにいる。

中学に上がって、あいつの制服姿を見たとき、改めて「可愛《かわい》い」と思ったんだ。

けどさ、親しさ余って、「好き」などこっぱずかしくて今更《いまさら》言えるはずもない。

——あいつにも彼氏《かれし》の気配が感じられないし、この雨とこのカギはある意味チャンスかな……

俺は駆《か》け足で教室に戻《もど》った。

窓越《ご》しに空を見る。

雨はますます激しくなっていた。

ポケットからカギを取り出した。

——さて、このカギをどうしようか。

「あったよ」と渡《わた》す？

イヤ、やっぱ、なかったふりして俺の傘で、相合傘をして帰ろう。

他の奴らにからかわれるだろうか？

——いいさ、それも。

俺は朱里の自転車のカギを、彼女のロッカーの奥《おく》に放り込んだ。

「ごめん、見つけられなかった……」

大きめの黒いジャンプ傘を差して、駐輪場に戻《もど》った。

——いない？

自転車は置いたまんま。

カゴの中にくしゃくしゃに丸められた紙を見つけた。

〈ごめんね。先輩に誘《さそ》われた♡〉

ボールペンで書かれた丸文字のメッセージを、俺に伝える気などなかったのだろうか？

それとも俺の戻りを待っていたのだろうか？

ふんわりとゆるく丸めたその握《にぎ》り方に、意図を感じてしまうのは、何の未練だろう。

最後に書かれたハートマークの意味を知りたくて、俺は朱里が帰る道をスプリンターの如《ごと》く、走って追った。

——カギは見つけられなかったよ。だから俺と帰ろう。

あいつを見つけたら、そう言うつもりで……

——ズルをした罰《ばつ》かな？

二本角を曲がったところで後ろ姿を見つけたよ。

キャラクターの刺繍《ししゅう》付きはダメだって先生に叱《しか》られて、折り返した黒いソックスは朱里だから、間違《まちが》いない。

一こ上の先輩に肩をくっつけ、相合傘で帰っていった。

素直にカギを返せば良かったのかな？

わからないや。

傘が鬱陶《うっとう》しくてさ、俺は傘を閉じて濡《ぬ》れながら帰ることにした。

でないと、ね。

男は泣きたくないからさあ。

——明くる日……

「龍也君、昨日はごめんね。カギ、ロッカーにあったよ」

ペロッと舌を出して、朱里が言った。

「どうやって帰ったの」

俺は白々しく聞いた。

あのメッセージは、気づかなかったふりをして、自転車のカゴに返したから。

「憧《あこが》れてた先輩がね、ほら、陸上部の小宮《こみや》さん。傘に入る？　って言ってくれたの。

へへ、ある意味さ、自転車のカギをなくして、ラッキーだったかも」

朱里が手のひらを開いて、赤いゴムのついたカギを見せた。

そう、彼女は自転車のカギをなくして、新しい恋《こい》を手に入れた。

そして俺は、大切なモノを失ったんだ。

［ 5分後に恋するラスト ］

Hand picked 5 minute short,
Literary gems to move and inspire you

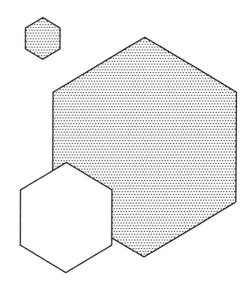

メイドくんと執事《しつじ》ちゃん

澤見真穂

【パンダ】【呟《つぶや》き】【落とし物】

とある高校で今日、学生達の一大イベント、文化祭が開催《かいさい》されている。

人の声や明るい音楽で賑《にぎ》わうその高校の教室棟《とう》の屋上、据《す》え付けられたベンチのひとつに、何だか疲《つか》れた顔をした執事とメイドが腰掛《こしか》けていた。

執事の名前は酒井由宇《さかいゆう》。そしてメイドは瀬名倫太郎《せなりんたろう》。

もちろん二人は本物の執事やメイドではない。この学校の二年B組に所属する、ごく普《ふ》通《つう》の生徒だ。

その彼《かれ》らが場にも性別にもそぐわないそんな格好をしている理由はもちろん、今日が文化祭だからに他ならない。

『男女入れ替《か》え執事&メイド喫茶《きっさ》』。これが二年B組の出し物だった。

名前の通り執事やメイドの衣裳《いしょう》を着た生徒が接客をするのだが、女子生徒が執事服を、そして男子生徒がメイド服を着ているのが最大の特徴《とくちょう》でありウリである。

接客担当はクラス全員の投票によって決められた。メイド服を着ているのが揃《そろ》って骨太マッチョだらけでは客の食欲も失《う》せようというものだ。人選はこの企画《きかく》の成功の要《かなめ》と言えた。

厳正な投票の結果、男子の得票数最多が瀬名倫太郎、そして女子の最多は酒井由宇だったのである。

由宇は所謂《いわゆる》『女子にモテる女子』だ。背が高く中性的ですっきりとした顔立ち、面倒見《めんどうみ》がよく正義感の強い性格。そのおかげで昔からバレンタインデーにはそこいらの男子が指をくわえて羨《うらや》むくらいのチョコレートを抱《かか》えて帰ったものだ。

対する瀬名倫太郎もまた、そこいらの女子よりも格段に可愛《かわい》い。ぱっちりした目に長い睫毛《まつげ》、ふっくらした唇《くちびる》。髪《かみ》も肌《はだ》も思わず触《さわ》りたくなるほど綺麗《きれい》だ。男子にしては高くない身長とすらりとした体格のおかげで、メイド服も難なく着こなしている。

「まさか……あんなに混むとは思わなかったね……」

ぼんやりと空を仰《あお》いで、由宇がぽつりと言った。隣《となり》で足を組み、その上に肘《ひじ》をついている倫太郎が返す声にも、溜《た》め息《いき》が混じっている。

「ホントだよ……休憩《きゅうけい》二十分でまた後半も出ろとか、店長は鬼《おに》だ」

営業時間前半、喫茶店は盛況《せいきょう》だった。そして一般客はともかく学内の生徒の殆《ほとん》どは、由宇と倫太郎目当てに来店したと言っていい。二人ともそれなりに有名人なのである。

「まるっきり客寄せパンダだよね、私たち……」

苦笑いと自嘲《じちょう》の間の顔で由宇が零《こぼ》した呟きに、倫太郎がぱっと顔を上げた。

「あっ！」

「え、何？」

「すっかり忘れてた。これ、酒井の落とし物じゃない？」

エプロンのポケットから倫太郎が取り出したのは、パンダのマスコットが付いたキーホルダーだった。『客寄せパンダ』という言葉で思い出したらしい。

「あ！　そう！　私の！」

さっきまでの憂鬱《ゆううつ》そうな表情から一変、由宇は瞳《ひとみ》を輝《かがや》かせて身を乗り出した。

「どこにあったの?」

「今朝、バス降りる時に酒井が座ってた座席に転がってた。すぐ渡《わた》そうと思ってたんだけど、喫茶店の準備で慌《あわ》ただしくて忘れちゃってた。ごめん」

「ううん! ありがとう! 見つかってよかった〜。今朝学校に着いたらなくなってて、気に入ってるやつだったからすごいショックで——」

興奮気味に喋《しゃべ》っていた由宇だったが、倫太郎がまじまじと自分を見ているのにはたと気付いて口を噤《つぐ》んだ。

「あ……ごめん。私みたいなのがこんな可愛いの持って喜んでたら変だよね」

昔からそうだった。服を買いにいけば男の子が着るようなデザインのものばかり勧《すす》められ、女の子たちの人形遊びには入れてもらえず、仕方なく男子とサッカーをすれば大活躍《だいかつやく》。ますます「女の子らしさ」から遠退《とおの》いていくばかり。

本当はお菓子《かし》作りや手芸が趣味《しゅみ》だし、ファンシーグッズにも目がないのだけど……。

「変じゃないよ」

「えっ？」

急に発せられた言葉に由宇が弾《はじ》かれたように振《ふ》り向くと、倫太郎は思いの外真剣《ほかしんけん》な顔でこちらを見ていた。

「女の子なんだから、そういうの好きでも何にもおかしくない。可愛いと思うよ」

「……っ」

ぱあぁっ、と由宇の顔に喜びが広がる。

「そうだよね、可愛いよね！　このパンダくん！」

「いやそっちに対して言ったんじゃないんだけど……」

「え？」

「……いや、何でもない」

何だか苦い表情で言った後、倫太郎は自分の身体を見下ろした。

「変っていうなら、男がこんなカッコしてるほうがよっぽど変だよ」

「あー……」

何と返していいかわからない由宇に、倫太郎の視線がちらりと向けられる。

「僕《ぼく》さ、好きな子がいるんだけど」

「へっ？　……う、うん」

突然《とつぜん》話が変わったうえ唐突《とうとつ》な告白に若干狼狽《うろた》えつつ頷《うなず》くと、倫太郎はスカートの端《はし》をちょんと摘《つま》んでみせた。

「僕がこんなカッコしてるの見たら、どう思うかな」

「どうって……」

「『キモい』とかならまだマシなんだ。趣味でやってるわけじゃないし、それは普段《ふだん》の僕を男として認識してるってことだしね。それより『似合ってる』とか『可愛い』とか簡単に言われるほうが正直凹《へこ》む」

「うーん……」

彼にも自分と似た悩《なや》みがあるらしい。どう答えたものか考え考え、由宇は口を開く。

「ごめん、私も似合ってるなって思っちゃってたけど……でも、見た目はどうだろうと私、瀬名くんって男らしいなって思うこと、よくあるよ」

嘘《うそ》ではなかった。その最たる例が通学バスでの痴漢《ちかん》事件だ。

由宇たちが使うバスはスクールバスではなく、一般客《いっぱんきゃく》も乗り合わせる普通の路線バスだ。しかしながらやはり通学時間には同じ高校の生徒がたくさん利用するため、車内はひどく混雑する。

ある日そのバスの中で、一年の女子が痴漢に遭《あ》った。

それに気付いた由宇は持ち前の正義感が疼《うず》き、犯人を捕《つか》まえようとしたのだが、混雑した車内では身動きがろくに取れず、少し離《はな》れた場所にいた犯人に近付けなかった。

被害に遭っている女子生徒は顔を歪《ゆが》め涙目《なみだめ》になりながら、必死に耐《た》えている。あの子が今どれほどの苦痛を感じているか――それを思うといても立ってもいられない気持ちになるのに、行動がそれに追い付かない。

いっそ大声を出して注目させようか……と考えた時。

「オッサン！　何やってんの朝っぱらから」

犯人の手首を摑《つか》んでそう言ったのが、倫太郎だった。

「なっ……何のことだ……」

シラを切ろうとする犯人を、倫太郎の鋭《するど》い視線が射抜《いぬ》く。

「この手が悪さしてるとこ、はっきり見たんだけど？」

被害者《ひがいしゃ》の女子を庇《かば》う位置に移動しながら低い声で迫《せま》る倫太郎に、会社員らしき中年の犯人は半ばパニックを起こしながら喚《わめ》き出した。

「しっ知らん！　ボクは知らないぞ！　言い掛《が》かりも大概《たいがい》にしろ、ガキ！」

「——私も！」

気付けば由宇も声を上げていた。

「私も見てました！　あなたが痴漢するところ！」

「ぬっ、ぐっ……！」

結局犯人はバスの営業所まで連れていかれることになった。そちらはもう然《しか》るべき人たちに任せて、由宇たちは普段より若干遅《おく》れて学校に到着《とうちゃく》した。取り敢《あ》えず学校で降りることになった被害女子が気掛《きが》かりで、由宇は保健室で彼女《かのじょ》の気持ちが落ち着くまでそばについていた。ありがとうございます、と涙声で言った彼女の姿は、今も忘れられない。

多分、あの時彼女が痴漢に遭っていることをわかっている生徒はもっといた。けれど誰《だれ》も助けようとはしなかった。瀬名倫太郎以外は誰も。

その事件以降、同じクラスで彼を見ていると、他の男子が渋《しぶ》ったり躊躇《ちゅうちょ》するようなこと——困っている女子に手を貸したり、イベントの委員や係を引き受けたり——をごく自然にこなす場面がよくあって、何だか他の男子とはちょっと違《ちが》う人らしいということがわかったのだ。

「えーと、だから何が言いたいかっていうと、綺麗な見た目だけで瀬名くんのこと『女の子みたい』って思う人ばっかりじゃないってこと、なんだけど……」

だんだん自分でも何を言いたいのかわからなくなってきて、由宇は困った顔で倫太郎の様子を窺《うかが》い見た。

「……」

目を丸くして、倫太郎はこちらを見ていた。そしてふっと表情を緩《ゆる》めて、笑った。

「ありがと、酒井」

その笑顔のあまりの綺麗さに、由宇は何だか落ち着かない気持ちになった。慌てて腕時計《うでどけい》を見て、

「あっ、私そろそろ休憩終わりだから行くねっ。キーホルダーありがとねっ」

とベンチから立ち上がり小走りで出入口に向かった。

「酒井」

呼び止められて振り向くと、倫太郎の真っすぐな眼差《まなざ》しに見つめられていた。

「後夜祭、残る？」

「え……」

ほんの少し、胸の奥《おく》が騒《ざわ》ついた。

この高校の文化祭の後夜祭は、生徒たちの間で「カップル祭」と呼ばれていた。

キャンプファイアの周りでは男女が愛を告白し、カップルたちは打ち上げられるささやかな花火を寄り添《そ》いながら見上げる。参加は自由なので、相手に当てのない生徒はとぼとぼ帰るか、集まってカラオケなどで憂《う》さ晴らしするのが定番である。

由宇は頰《ほお》を搔《か》きながら苦笑いした。

「ん……帰ろうかなと思ってる。一緒《いっしょ》に残る相手もいないし、遊びに行くのもちょっと疲《つか》れたから遠慮《えんりょ》したいし」

「特に用があるわけじゃないんだ？」

「うん。家に帰ってのんびりするだけ」

「じゃあ残って」

「……！」

今度こそ、由宇の心臓は煩《うるさ》いくらいに騒《さわ》ぎだした。

何かの意志を籠《こ》めた強い瞳《ひとみ》。真剣な表情で真っすぐこちらを見据《みす》えてくる、男の子。

「あ、あの……」

「残って」

「う……うん、わかった……」

静かだが有無を言わさぬ強い声に押《お》されて、由宇は頷いていた。

「ありがとう」

安堵《あんど》したように、倫太郎はにっこり笑った。

それは大抵《たいてい》の人を魅了《みりょう》する、人形のように可愛らしい笑顔だったけれど。

「引き止めてごめん。遅れたら店長煩いから、急いで」

「う、うんっ」

慌てて階段を駆け下りながら、さっきの笑顔が由宇の瞼《まぶた》の裏に何度もちらつく。

（あんなに可愛い笑顔だったのに、メイド服、似合ってなかった……）

その理由がわかった気がして、由宇の胸に心を弾《はず》ませるような後夜祭への期待が広がっていった。

［ 5分後に恋するラスト ］

Hand picked 5 minute short,
Literary gems to move and inspire you

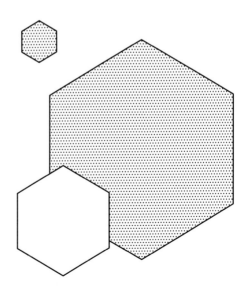

奇《き》跡《せき》観測

plamo

鈴木《すずき》渓介《けいすけ》君という男の子に私が興味を持ったのは、彼《かれ》がいつも独りぼっちだったからってわけじゃない。

彼は学校でいつも居眠《いねむ》りをしている。授業中の殆《ほとん》どの時間をそれで費やす。

先生は何も言わない。

特に授業の妨《さまた》げになるか、クラスメイトの迷惑《めいわく》になるようなことでもしなければ、生徒に関与《かんよ》することはない。

生徒は、居心地が悪くなれば自然に消えてゆく。

彼がまだクラスメイトだということは、成績が悪いわけでもないのだろう。

ここは塾《じゅく》みたいな学校だけど、生徒は当たり前のように連《つる》み、和気藹々《わきあいあい》と仲間を作る。この何十億もいる人たちの中で、一会《いちえ》の出逢《であ》いに奇跡を感じて。

それは本当に偶然《ぐうぜん》なのか。

それとも、必然か。

私は、一ヶ月前にこの学校に転校してきた。

お父さんの仕事の都合で、幼い頃《ころ》から同じ町には留まらず、転校を繰《く》り返している。

だからなのか、私には、友達と言える者を、今までに持ったことがない。

「鈴木君、ちょっといいかな」

机に突《つ》っ伏《ぷ》して寝《ね》ている、彼の肩《かた》に手を置いて、起こした。

「えっと……」

彼はゆっくりと身体を起こして、無言で私を見ているだけだった。たぶん私の名前も存在も知らないからだ。

私はなんで、鈴木君に声を掛《か》けたのだろう。

「鈴木君、高輪台《たかなわだい》に住んでいるでしょ、駅で何度か見かけたの」

「あ、ああ……」

相槌《あいづち》のような返事だけ、言いたいことは分かっているけど、あえて自己紹介《しょうかい》はしなかった。

「私も同じ駅だから、一緒《いっしょ》に帰っていい？」

こうして、私たち二人は一緒に地下鉄に乗って帰路についた。

私は今まで、自ら積極的に他人と接触《せっしょく》するということをしたことがなかった。

話し掛けられれば、当然会話もするが、無理に話をするのは嫌《きら》いだった。どこか、冷めている自分がいた。

それは、引《ひ》っ越《こ》しを繰り返していたからだろうか。

それなのに、今日はなぜだろう。彼と話がしたいと思ったのだ。

だから、少し勇気を出した自分に、正直驚《おどろ》いた。

朝とは違《ちが》って、帰りの電車は空《す》いている。他の高校生の話し声や笑い声も、自然に聞こえてくる。

「鈴木君、いつも学校で寝ているね」

私は吊革《つりかわ》につかまり、彼はその隣《となり》で鉄の棒につかまっている。並ぶとよく分かる、背が普通《ふつう》に高いことを知った。

「なんで寝ているの、夜更《よふ》かしして勉強？」

その後は無言のまま、私達は駅で別れた。

でもそれでいいと感じた。


次の日も、鈴木君は教室に入るなり、机に突っ伏して眠ってしまった。

おはようの挨拶《あいさつ》も交わさずに。

放課後になると、彼は目を開けて、ただ席に座っていた。帰宅する素振《そぶ》りもなく。

だから私はまた声を掛けた。

「鈴木君、また一緒に帰っていい?」

「うん」

電車の中では、今日もまだ暑いね、とか、でも段々日が短くなってきたね、とか、
当たり障《さわ》りのないことを、私が勝手に話していた。

私にしては、無理のない会話だった。


そんな一緒に帰る日が、三日続いたあと。

「あ、あのさ、三橋《みつはし》。オレと一緒に帰るの楽しい？」

驚いた。突然《とつぜん》鈴木君が話し掛けてきたのもそうだったけど、私の名前を知っていたことにもっとビックリした。

「え、うん。別に普通……」

失敗した。もう少し、気の利いた言葉を言えば良かったと思って、俯《うつむ》いた。

その後の話が出てこない。

「なんで、オレに関わるの？」

「え、それは……なんか、話してみたいと思ったから……」

言葉が勝手に口から出てしまう。

でも頭には、なにも浮《う》かばない。

「星を、観ているんだ」

おもむろに放った、鈴木君の言葉に戸惑《とまど》った。

「夜、ずっと星の観察をしているんだ」

鈴木君は星が好きなんだ。すると。

「前に訊《き》いてきただろ。なんで学校で寝てばっかりなのかって」

確かに訊いた。

それって、もしかして、星の観察で夜更かしして。それで寝不足で居眠りなの？

「本当に？」

「ああ、マジ」

頬《ほお》と耳を真っ赤にしている彼を見て、私は面白《おもしろ》くなってしまった。

「フフッ、星が好きだなんて、ロマンチックだね」

「……」

また、言葉のチョイスを間違《まちが》えてしまったかな。鈴木君はますます顔を赤くして、黙《だま》ってしまった。

でも、私の顔は綻《ほころ》んだままだった。

「星を観ていると、全部、忘れられるから」

「えっ」

その後は、また黙ってしまった。

「どこで、星を観てるの？」

やっと見つけた言葉に、鈴木君が微笑《ほほえ》んで応えた。

「とっておきの場所があるんだ」

「どこ？」

「フフッ、内緒《ないしょ》」

てっきり、部屋の窓から望遠鏡で観測でもしているのかと思ったら、違うみたいな素振《そぶ》り。私は、少し食い下がって言った。

「えーっ、教えてよ」

「フフフッ、じゃあ、絶対に内緒にしてくれよ」

「うん」

すると、鈴木君の顔が私の頭に近づいてきたので、ドキッとした。

小さな声と息が、私の耳をくすぐる。

「五反田《ごたんだ》の、でっかいマンション。知ってる？」

「うん？　え、そこなの？」

「ああ、その屋上」

私は、片手を口に添《そ》えて、驚きが漏《も》れないようにした。

「そう、勝手に屋上に立ち入るわけだから、くれぐれも内緒だよ」

それって、不法侵入《しんにゅう》とか言うんじゃ……。

鈴木君の意外な一面だった。でも、学校での態度も、ある意味大胆《だいたん》ではあるが。

なにしろ私は驚いて、また言葉を失ってしまった。

「三橋、もしよければ、招待するよ」

「え」

鈴木君は真《ま》っ直《す》ぐ私を見つめている。

「君に、星を見せたい」

今度の木曜日、オリオン座の流星群が観られるかもしれない。

私はそれを承諾《しょうだく》した。

そして、

「鈴木君、聞いてほしいことがあるの」

「なに？」

「私、転校するんだ」

お父さんにまた転勤を聞かされた次の日に、鈴木君に初めて声を掛けた。

多い年で、二回もする転校に、もう慣れていると思っていたのに。

心が締《し》めつけられるほど、痛い。

昔、味わったことのある痛みを思い出した。

この痛みは、どこから来るのだろう。

やっぱり人と仲良くなるものではないな。

鈴木君に話し掛けなければ良かったかな。

「あ、あれ？」

不思議だった。私の両目が、勝手に涙《なみだ》を流し始めた。

ポロポロポロポロ、とめどなく零《こぼ》れ落ちる涙を両手で受け、自分が泣いていることにやっと気づくと、悲しみに心が崩《くず》れそうになった。

それを鈴木君が支えてくれた。

黙ったまま、私の肩を摑《つか》んで。

鈴木君を思うと、涙が止まらなくなった。

優しくされても、同じ。

悲しいの。

だけど、それを後悔《こうかい》だなんて、思いたくなかった。

土曜日、日曜日とも学校はお休みで、鈴木君に会えなくて寂しくて、悲しかった。

でも、月曜日、鈴木君と、お話をしていても、楽しいのか、悲しいのか分からなかった。

星を観に行く約束も、とても楽しみに思えば思うほど。

胸が痛くなり、涙が零れ落ちた。

火曜日、珍《めずら》しく鈴木君が朝から口をきいてくれた。

「まずいことになった」

「なに？」

「木曜日に、台風が関東に来るらしい」

私は土曜日に東京を立つ予定だった。

私のこの気持ちは、今の雲と同じだ。

鉛色《なまりいろ》に覆《おお》われた低い空を二人で見上げた。

「台風、逸《そ》れてくれないかな」

逸れたところで、この空が晴れるとは限らないのは分かっていたが。前向きな言葉が欲しかった。

「木曜日の遅《おそ》くに直撃《ちょくげき》らしい。東京を抜《ぬ》けるのは明け方だ」

お互《たが》い、もっと残念なことは、別にある。

ただ、このままサヨナラするのが、寂《さび》しかったのだ。

前向きに考えれば、この出会いは、私に初めての友達ができた、奇跡、とも呼べることだったのかもしれない。

十七分の一の奇跡？

鈴木君は、鼻で笑って言った。

クラスの男の子の人数だ。

私、出会いだけはもっとあります。ダテに転校を重ねてきていませんよ。

二人して笑った。

奇跡ってさ、そういうものじゃないんじゃないかな。

なんか、数字では表せられないものだと思うよ。

鈴木君が言っていた言葉を思い出しながら、次第に強くなってきた、雨と風を、部屋の窓から見ていた。

転校は寂しくて、悲しい。それは別れがあるからだ。

いつもそれから、眼を逸らし、避《さ》けていたけれど、どうしても関わってしまう。

だから、いつの間にか諦《あきら》めていたんだ。

それに気づかせてくれた夜を、私は寝付《ねつ》けないでいた。

携帯電話《けいたい》が震《ふる》えた。

鈴木君。

慌《あわ》てて、通話ボタンにふれる。かつてないほど、心音が高鳴った。

「もしもし」

「三橋、やっぱり起きていたか」

私は、訳が分からなかった。

「今から、君の家に迎《むか》えにいく」

ただ、驚いた。

「奇跡を観に行こう」


「これ着て」

鈴木君が差し出した、レインコートの上下を着て、私たちは嵐《あらし》の中、走り出した。

外には人っ子一人なく、車も走っていない。

一瞬《いっしゅん》の隙《すき》に、レインコートのフードが暴風に持っていかれると、あっという間に、髪《かみ》の毛がびしょびしょに濡《ぬ》れた。ぬるいシャワーのような雨が、容赦《ようしゃ》なく全身を打ち付ける。レインコートを着ていても、皮膚《ひふ》に雨粒《あめつぶ》の感触《かんしょく》が痛い。

でも、私は怖《こわ》くなかった。

たとえ、これが、地球最後の時だとしても、今なら平気だ。

鈴木君が何か叫《さけ》んだけど、よく聞き取れなかった。でも、私は微笑んだ。

すると、私を見つめて、微笑み返してくれた。


「この、階段を上るの?」

それは、鉄格子に囲まれた、タワーマンションの外階段。避難《ひなん》用だろう、外からは入れないようだけど。

「鍵《かぎ》を拾ったんだ」

「え、このドアの?」

「ああ、二十九階の屋上まで行ける。拾った鍵は、ちゃんと届けたよ。だからこれは、コピーの鍵さ」

うわ、狡猾《こうかつ》、ってか、大胆ね。

でも、そういうところあるかな。授業中の居眠りも。思えばそうだ、鈴木君て。

「行こう」

難なく開いた鉄扉《てっぴ》をくぐり、遥《はる》か上空の屋上へ。

そこには、暴風雨以外、何があるのだろうか。

地上を見下ろすと、いつの間にか、建物や街並みが小さくなってきていた。

それとは逆に、天を覆い尽《つ》くす、鉛色の巨大《きょだい》な雨雲に近づいていく。雨雲は物凄《ものすご》いスピードで蠢《うごめ》いて、手摺《てす》りを放せば、そこに吸い込《こ》まれてしまう錯覚《さっかく》に陥《おちい》る。

そして、こんな所にいるのが、人に見つかってしまったらと、私はどんどんと心細くなっていった。

その時だった。

フッと階段室の照明が消えた。

「きゃあっ」

突如《とつじょ》訪れた暗闇《くらやみ》に、私は困惑《こんわく》した。

「停電だ」

格子の隙間《すきま》からは、外の様子がよく分かる。遠くの方の大きなビルは、明かりがついていたが、この一帯全部、真っ暗になっていた。

「三橋、大丈夫《だいじょうぶ》か」

うっすらと見えた、鈴木君の差し出した手を、私は摑んだ。

「うん」

天空にかかる雨雲だけが灰色と分かる暗闇を、私たちは進んだ。


階段の頂上には、マンション内に続く扉《とびら》があった。

「入るの?」

「いや、さすがにそれはダメだろう」

確かに、謝って済む問題じゃなくなる。

だとすると、ここが目的地なのだろうか。景色の殆どが、壁と扉と階段で遮《さえぎ》られ、あまり見晴らしが良いとは言えなかった。

すると、鈴木君は指差した。扉の横の、屋上塔屋《とうや》へと続く猿梯子《さるばしご》を。

「こ、これを上るの？……」

マンションのてっぺんの壁に、むき出しで付いている梯子。それを登るのは、あの雨雲に呑《の》み込まれるための、生け贄《にえ》の儀式《ぎしき》みたいな気がした。

「む、無理だよ」

流石にこの台風、しかも暗闇の中、足が勝手に竦《すく》んでしまった。

「大丈夫だよ。気が付かない？」

最初、鈴木君の言っていることが分からなかったが、彼がフードを取って、顔を見せたので、やっと気が付いた。

「や、やんでいるの、雨」

私もフードを取って確かめる。今さっきまで、あんなに激しく降っていた雨がなくなっていた。そればかりか。

「風も、ないわ」

台風はもう行ってしまったの？

「登れる?」

私は、自分の脚《あし》をさすった。

「うん。大丈夫」

私が先に登り、すぐ下に鈴木君が支えるように、付いてくれた。

私は上を見上げた。

梯子の上、塔屋の上の、さらに上の空に。

雲が切れてゆくのを見た。


「信じられない」

たどり着いた塔屋の上は、遮る物が全くない、右も左も、前も後ろも、全部が街の景色だった。

遠くのビルの明かりと街灯、人のいる証拠《しょうこ》をそこに見つけ、少し安心した。

恐《おそ》ろしいほどのパノラマで、自分が空に浮いているようだ。

「上も、観てごらんよ」

登ってきた、鈴木君が天を見上げて、言った。

「！」

驚きと一緒に息を飲み込む。

消え失せた雲の、代わりの空に、散りばめてあったのは、無数の星だった。

私も沢山《たくさん》の星が煌《きら》めく空くらい、見たことはある。ここに転校する前は、海の綺《き》麗《れい》な田舎《いなか》町にいたから。

それと比べても、見劣《みおと》りしない、星の海が広がっていた。本当にここは東京なのだろうか、それとも、私は夢を見ているのか、この目を疑った。

おびただしい星々が、私を魅了《みりよう》する。心が捕《と》らわれそうになり、ハッと我に返る。

なんで、ここにこんな、星空が？

さっきまでの嵐《あらし》は、いったいどこに消えたの？

「台風はまだ、去っていないよ。

今ここは、台風の目の中に入っているんだ」

聞いたことがある。台風の目の中は、雨も風もやんで、晴れ間も見えるとか。本当にあるんだ。

「どストライクで台風が、ここを通過してくれたおかげさ。それに、周囲の停電も一役買ったね。星が、とても綺麗に見える。オレも、こんなの初めて見たよ」

星を見上げたまま、鈴木君は嬉《うれ》しそうに続けた。

「奇跡、なんて言葉、オレ大層に言っちゃったけど、ちょっと偶然が重なっただけなのさ。この位の星空なら、山や海で観ることができるだろ」

まるで、今にも鈴木君が、浮かんで消えてしまいそうな気がして怖くなった。

「だけどさ、この星々は、遥か彼方《かなた》に本当にあるわけで、確かめることもできないくせに、認識だけはされている。それほど、途方《とほう》もなく広い宇宙の中で、ここに君がいる。それが、奇跡、なのかなって思うよ」

私は、黙って頷《うなず》いた。

「オレんちさ、親が離婚《りこん》しちゃって。オレと妹と母さんとで暮らしているんだけど、母さん、夜も働き出してさ、遅《おそ》くまで帰ってこないんだ。別に心配なんかしてないんだけど、申し訳なく思えて。そしたら、なんか眠れなくなっちゃってさ、天体観測始めたんだ。

オレ、とても焦《こ》がれるんだ。星は、宇宙の入口だから」

星が大好きな、鈴木君。

「私、鈴木君と出会えて良かった。初めて、友達ができた、なのに……」

誰でも良かったわけじゃない。

きっと、鈴木君だから、声を掛けたんだ。

「友達はなくならない。別に、あの辺の星に引っ越すわけでもないんだろ、また遊ぼうよ。地球なんて、本当に小さなものなんだから」

フフッ

スケールでかっ。

「やっぱり、鈴木君は、大物だね」

「それ、誉《ほ》めてんの？」

「うん、下手すると、大犯罪者だけどね」

真夜中のタワーマンションの屋上で、二人して笑った。

やがて、暗雲が再びやってきて、宇宙の入口は閉じてしまった。そして終演を知らせる風が、私達の元にも吹《ふ》いてきた。

「台風の目が終わる。また暴風雨になる。その前に、早く下りよう」

そう、帰る時が来たのだ。

「うん」

台風が再び、猛威《もうい》を振るい始めた頃、私は自分の家にたどり着いた。

「ありがとう、鈴木君も気をつけて」

鈴木君に送ってもらったのだ。

「おう、また明日」

うん、また明日。

翌朝は、台風一過の晴天だった。

私の、この学校での最後の登校。

昨日までと全然違う登校に、戸惑う。

前までは、こんなに胸が、苦しくはなかったのに。

教室に入ると、鈴木君が目に入った。

すでに、机に突っ伏して寝ているようだった。それはそうだ、ほとんど寝てないのだから、私も眠い。

「おはよう鈴木君」

返事はなかったが、私は彼の頭に近づいて、そっと囁《ささや》いた。

「昨日はありがとう。大好き」

鈴木君は、起きる素振りもなかったが、少し、耳が赤くなっていた。

私は、もう一言付け加えた。

「おやすみ」

本書は、小説投稿サイト「エブリスタ」が主催する短編小説賞「三行から参加できる　超・妄想コンテスト」入賞作品から、さらに選りすぐりのものを集め、大幅な編集を施したものです。

本書の内容に関してお気づきの点があれば編集部までお知らせください。info@kawade.co.jp

5分後《ふんご》に恋《こい》するラスト

２０１８年３月20日　初版印刷
２０１８年３月30日　初版発行

［編　者］エブリスタ
［発行者］小野寺優
［発行所］株式会社河出書房新社
〒一五一－〇〇五一　東京都渋谷区千駄ヶ谷二－三二－二
☎〇三－三四〇四－一二〇一（営業）　〇三－三四〇四－八六一一（編集）
http://www.kawade.co.jp/

［デザイン］BALCOLONY.
［印刷・製本］中央精版印刷株式会社

ISBN978-4-309-61219-5　Printed in Japan

エブリスタ

国内最大級の小説投稿サイト。

小説を書きたい人と読みたい人が出会うプラットフォームとして、これまで２００万点以上の作品を配信する。

大手出版社との協業による文芸賞の開催など、ジャンルを問わず多くの新人作家の発掘・プロデュースをおこなっている。

http://estar.jp

「5分シリーズ　刊行にあたって」

今の時代、私たちはみんな忙しい。
動画UPして、SNSに投稿して、
友達みんなに返信して、ニュースの更新チェックして。

そんな細切れの時間の中でも、
たまにはガツンと魂を揺さぶられたいんだ。

5分でも大丈夫。
短い時間でも、人生変わっちゃうぐらい心を動かす、
そんなチカラが小説にはある。

「5分シリーズ」は、
5分で心を動かす超短編小説を
テーマごとに集めたシリーズです。
あなたのココロに、5分間のきらめきを。

エブリスタ × 河出書房新社

5分後に涙のラスト

感動するのに、時間はいらない――
過去アプリで運命に逆らう「不変のディザイア」ほか、最高の感動体験8作収録。

ISBN978-4-309-61211-9

5分後に驚愕《きょうがく》のどんでん返し

こんな結末、絶対予想できない――
超能力を持つ男の顛末を描く「私は能力者」ほか、衝撃の体験11作収録。

ISBN978-4-309-61212-6

5分後に戦慄《せんりつ》のラスト

読み終わったら、人間が怖くなった――
隙間を覗かずにはいられない男を描く「隙間」ほか、怒濤の恐怖体験11作収録。

ISBN978-4-309-61213-3

5分後に感動のラスト

ページをめくれば、すぐ涙——
家族の愛を手に入れられなかった男の顛末を描く「ぼくが欲しかったもの。」等計8作。

ISBN978-4-309-61214-0

5分後に後味の悪いラスト

最悪なのに、クセになる——
携帯電話に来た「SOS」から始まる「暇つぶし」ほか、目をふさぎたくなる短篇13作。

ISBN978-4-309-61215-7

5分間で心にしみるストーリー

この短さに込められた、あまりに深い物語——
宇宙船襲来後の家族の絆を描く「リング」ほか、思わず考えさせられる短篇8作収録。

ISBN978-4-309-61216-4

5分後に禁《きん》断《だん》のラスト

それは、開けてはいけない扉――

復讐に燃える男の決断を描く「7歳の君を、殺すということ」など衝撃の8作収録。

ISBN978-4-309-61217-1